暗帝血路 암제혈로

설경구 新무협 판타지 소설
FANTASTIC ORIENTAL HEROES

암제혈로 1

설경구 新무협 판타지 소설

초판 1쇄 찍은 날 § 2010년 2월 2일
초판 1쇄 펴낸 날 § 2010년 2월 8일

지은이 § 설경구
펴낸이 § 서경석

편집장 § 문혜영
편집책임 § 정서진
편집 § 서지현

펴낸곳 § 도서출판 청어람
등록번호 § 제1081-1-89호
등록일자 § 1999. 5. 31
어람번호 § 제2-1881호

주소 § 경기도 부천시 원미구 심곡2동 163-2 서경B/D 3F (우) 420-822
전화 § 032-656-4452 팩스 § 032-656-4453
http://www.chungeoram.com
E-mail § eoram99@chollian.net

ⓒ 설경구, 2010

ISBN 978-89-251-2076-8 04810
ISBN 978-89-251-2075-1 (세트)

FANTASTIC ORIENTAL HEROES
설경구 新무협 판타지 소설
암제혈로
1
도서출판 책람

暗帝血路 암제혈로

“진가흔이라……."

칠흑처럼 검은 장삼을 걸친 중년인이 서찰을 향해 있던 시선을 거두고 느릿하게 고개를 돌렸다.

“사지(死地)로 몰았군."

“구파일방(九派一幫)의 추적을 받을 것입니다. 강호공적이 되는 셈이지요."

“그런데 다시 살려야 한다?"

“그렇습니다."

“재밌군."

흑의중년인의 입매가 비틀리며 메마른 웃음이 흘러나왔다.

“누구의 계획인가?”

“삼봉공(三奉公)의 계획입니다.”

“흥미로운 계획을 세웠군. 이유는?”

“이번 일이 성공한다면 대업(大業)을 완성하는데 걸리는 시간을 십 년이나 단축할 수 있다고 말씀하셨습니다.”

공손하게 시립한 채 대답하는 문사를 바라보던 흑의중년인이 창문을 열어젖혔다.

열린 창문을 통해 기다렸다는 듯이 시리도록 찬 겨울바람이 밀려들어 와 길게 기른 수염을 흐트러뜨렸지만, 흑의중년인은 개의치 않고 질문했다.

“진가흔이라는 자, 대체 어떤 자인가?”

“호북 균현 출신. 이름난 유학자인 연지현 학사에게서 학문을 사사한 적이 있으며, 구대문파 중 한곳인 화산파에도 잠시 몸을 담았었습니다. 그 후 살수 단체인 자혼부에…….”

“그 정도는 알고 있네. 한때는 꽤나 유명했던 자니까.”

“……?”

“내가 알고 싶은 것은 과연 진가흔이란 자가 적지 않은 희생을 치르면서까지 살릴 가치가 있는가 하는 걸세.”

“삼봉공은 그만한 가치가 있다고 단언하셨습니다.”

“가치가 있다?”

“허언을 하시는 분은 아닙니다.”

문사가 덧붙인 이야기를 들으며 흑의중년인이 고개를 끄

덕였다.

"살릴 만한 가치가 있다면 살려야지."

"그리 전하겠습니다."

"하지만… 쉽지는 않을 것 같군. 비록 지난 이야기라고 하나 한때는 어둠의 주인이라 불렸던 자이니 감히 암제(暗帝)라 불릴 자격이 있지. 하지만 그의 앞에 펼쳐질 것은 피로 점철된 험한 길. 어디까지 갈 수 있을지는 몰라도……."

핏빛으로 물든 노을을 두 눈에 담고 있던 흑의중년인이 의미를 파악하기 힘든 미소를 지은 채로 중얼거렸다.

"암제(暗帝)가 걷는 길은 혈로(血路)가 되겠군."

第一章
악몽(惡夢)

暗帝血路 암제혈로

두터우면서도 부드러운 금침이 전신을 덮고 있는 덕분에 따스한 느낌이 전해졌다.

코끝을 희미하게 찌르고 있는 것은 분향.

눈을 감고 있지만 그 분향만으로도 진가흔은 지금 누워 있는 곳이 자신의 방이 아니라는 것을 알 수 있었다.

그럼 여기는 어디일까.

잠시 호기심이 치밀었지만 걱정이 되지는 않았다.

짐작 가는 곳이 있었다.

여인들이 바르는 분향은 다양하다.

세상에는 수많은 여인들이 있고 각자의 취향이 있으니 사용하는 분향이 다른 것은 당연지사다.

하지만 사람의 체취는 독특하다.

마치 지문이 사람마다 다른 것처럼 체취도 각양각색이다.

분향 속에 섞여 있었지만 진가흔이 이 체취를 모를 리 없다.

그만큼 방 안에 남아 있는 이 체취는 익숙했다.

가월루(加月樓)의 기녀(妓女).

바로 수련의 체취였다.

이건 눈을 뜨지 않아도 확실히 알 수 있었다.

그래서 가뜩이나 무겁게 느껴지는 눈꺼풀을 억지로 들어 올리려고 애쓰는 대신 이불 속으로 손을 더듬었다.

그녀의 부드러운 살결이 손끝에 닿기를 바라면서.

하지만 아쉽게도 손끝에 닿는 것은 아무것도 없었다.

그것을 깨닫자 쓴웃음이 새어 나왔다.

대체 뭘 기대한 걸까.

비록 함께 보낸 시간이 적지 않다고는 하지만 그녀 역시 사내들에게서 돈을 받고 몸을 파는 일개 기녀일 뿐인데 하는 생각이 밀려왔다.

억지로라도 몸을 일으켜 보려고 했지만 이내 포기했다.

머리가 깨질 듯 아팠다.

역시 숙취는 무서웠다.

억지로 눈가에 힘을 주어 눈꺼풀을 반쯤 밀어 올렸지만 방 안을 잠식하고 있는 어둠으로 인해서 제대로 보이는 것은 없었다.

손바닥보다 조금 큰 격자창을 통해서는 단 한 점의 빛도 새어 들어오지 않았고, 그를 통해 아직 한밤중이라는 것을 깨달았다.

좀 더 잘 요량으로 다시 눈을 감았다.

설핏 잠이 든 듯했다.

그사이 지독한 악몽을 꾼 것으로 보아서.

괴물일까.

어릴 적 할아버지에게 괴물에 대한 이야기는 많이 들었지만, 실제로 본 적이 없으니 괴물이라 단정하기도 어려웠다.

자신의 뒤를 쫓고 있는 자들은 수를 셀 수 없을 정도로 많았다.

얼굴을 가리기 위해서 복면을 쓴 것도 아닌데 두 눈에 아무리 힘을 줘도 그자들의 얼굴이 명확히 보이지 않았다.

마치 하얀색 가면을 뒤집어쓴 것처럼 어렴풋하게만 보였다.

혹시라도 아는 얼굴이 있지 않을까 하는 생각에 두 눈에 힘을 잔뜩 주며 살펴보았지만 소용이 없었다.

짙은 안개가 가득한 숲 속에는 얼굴이 보이지 않는, 수를 셀 수 없을 정도로 많은 자들이 자신을 쫓고 있었다.

이유가 뭐냐?

대체 왜 나를 쫓는 것이냐?

힘껏 소리를 질러보았지만 돌아오는 대답은 없었다.

대신 그들은 말없이 거리를 좁혀왔다.

그리고 서두르지도 않았다.

한 걸음, 또 한 걸음.

서서히 거리를 좁히며 다가와 압박할 뿐이었다.

헉. 헉.

숨이 턱 끝까지 차올랐다.

거칠게 뛰고 있는 심장박동 소리가 귓가를 어지럽혔다.

'여기서 멈추면 안 돼!'

그 사실을 알고 있었지만 몸은 정직했다.

이제는 정말 한 발자국도 움직일 수 없다는 생각이 들어 그 자리에 멈추어 서자 끝이 보이지 않는 절벽 앞이었다.

한 발자국만 더 뒤로 물러나도 절벽 아래로 굴러떨어지게 되는 절체절명의 위기에 처했다는 사실을 깨달은 순간, 진가흔은 그들을 바라보며 웃었다.

하하핫!

지금까지 살아오면서 이렇게 통쾌하게 웃음을 터뜨려 본 적이 있을까 하는 생각이 들 정도로 마음껏 웃다가 그 지독한 악몽에서 깨어났다.

마지막 순간에 터뜨렸던 그 통쾌한 웃음 때문일까.

과연 이 꿈이 악몽인가조차도 구별이 가지 않았다.

다만 이불을 축축하게 만들 정도로 배어 나온 식은땀과 찝
찝한 기분으로 인해서 아마 악몽이었을 것이라는 짐작만 할
뿐이었다.

갑자기 한기가 밀려왔다.

그나마 조금 더 잠을 자서인지 아까까지만 해도 깨질 것처
럼 아프던 머리는 조금 나아져 있었다.

그래도 여전히 아픈 것은 마찬가지였지만.

양손에 힘을 주며 억지로 몸을 일으키려는 순간, 따뜻한 감
촉이 밀려들었다.

왼쪽 팔에 느껴지는 부드러운 느낌으로 그것이 수련의 나
신이라는 것을 금세 깨달았다.

"벌써 깼어요?"

귓가를 간질이는 속삭임.

입김에 실려서 달짝지근한 술내음이 전해졌다.

그 달짝지근한 향기가 나쁘지 않다는 생각을 하며 몸을 일
으키려 했지만 수련이 먼저 움직였다.

오른팔로 체중을 지탱한 채 비스듬히 몸을 일으키고 있는
진가흔의 눈앞으로 사기그릇 하나가 내밀어졌다.

"어제 술이 너무 과하셨어요. 드세요."

거절하기에는 목이 너무 말랐다. 사기그릇을 건네받아 단
숨에 들이켰다.

가슴속까지 시원하게 만들어주는 꿀물을 들이켜고 나자

복잡하던 머릿속이 조금은 가라앉는 것 같았다.

그래, 어쩌면 머리가 아팠던 것은 숙취 때문만이 아니었을지도 몰랐다.

한 방울도 남기지 않고 깨끗이 비운 사기그릇을 바닥에 내려놓고 다시금 침상에 드러눕자 수련도 방 안을 잠식하고 있는 서늘한 한기가 싫은 듯 기다렸다는 듯이 침상 안으로 기어들어 왔다.

"무슨 고민이라도 있어요?"

두터운 이불을 가슴 어림까지 끌어올리며 수련이 질문을 던졌다.

너무 크지도 않고 작지도 않은, 적당히 솟아올라서 보기 좋은 육봉이 이불 속으로 자취를 감추자 아쉬움이 밀려왔다.

하지만 아무런 내색도 하지 않고 입을 다물었다.

하지만 수련은 눈치가 빠른 여자였다.

더 이상 질문을 던지지 않았다.

대신 따뜻하고 풍만한 육체를 등 뒤로 부드럽게 밀착시켰다.

침묵이 이어진 시간이 반 각쯤 흐른 후 새근거리는 숨소리가 들리기 시작했다.

신경에 거슬릴 정도로 큰 소리는 아니었지만 더 누워 있는다고 해서 잠이 올 것 같지도 않았다.

그래도 한참을 더 누워 있던 이유는 수련 때문이었다.

그녀의 육체를 탐하고 싶은 마음은 없었다.

다만 그녀의 몸에서 전해지는 온기가 좋았다.

죽어도 혼자 있기 싫은 날.

문득 눈을 떴을 때, 곁에 아무도 없다는 허전함이 미친 듯이 싫은 날이 있는데 바로 오늘이 그런 날이었다.

그냥 이렇게 함께 누워서 체온을 나누어주는 것만으로도 충분했다.

그리고 수련은 힘들 때마다 그에게 안식처가 되어주었다.

고르게 숨을 내쉬며 깊이 잠든 수련의 얼굴을 물끄러미 바라보다 진가흔이 신형을 일으켰다.

자그마한 격자창 사이로 어스름한 빛이 새어 들어오는 것을 보니 또다시 새로운 하루가 시작되려 하고 있었다.

언제나처럼 변함없이 시작되는 하루.

그러나 진가흔은 오늘은 왠지 지금까지 보내왔던 수많은 평범한 날과는 다른 하루가 될 것 같다는 느낌이 들었다.

그리고 새롭게 시작된 하루 속으로 진가흔이 걸어 들어갔다.

진가흔이 아침 식사를 챙기는 경우는 드물었다.

일 년을 통틀어 봐도 불과 다섯 번 정도나 될까.

그리고 오늘이 바로 그 드문 날에 속하는 날이었다.

아직은 묘시 후반.

아침 식사를 하기에는 꽤나 이른 시간이었지만 객잔 안의 탁자는 이미 삼분의 일가량이나 손님들로 차 있었다.

그들 중 대부분은 상인들이었다.

먼 거리의 상행을 떠나기 전에 간단하게 요기를 할 요량으로 탁자에 앉아 소면이나 소채, 만두 등의 간단한 음식으로 서둘러 요기를 하고 있었다.

잠시 그들의 면면을 살피던 진가흔은 창가 근처에 비어 있는 탁자 앞으로 다가가 자리를 잡고 앉았다.

점소이가 다가오는 것을 느끼며 고개를 들어 객잔 안을 살폈지만 이곳에서 만나기로 약속했던 인물은 아직 보이지 않았다.

"주문하시겠습니까?"

"일단 소채를 가져다 다오. 그리고 목이 마르니 우선 엽차를 한 잔 부탁하자."

"네, 잠시만 기다리세요."

아직은 열다섯도 되어 보이지 않는 앳된 얼굴의 점소이가 모습을 감추었다가 다시 돌아와 탁자 위에 엽차를 내려놓았다.

숙취 때문인지 목이 탔다.

다행히 엽차는 무척이나 시원했다.

엽차를 시원하게 들이켜고 난 후, 한 잔 더 부탁하기 위해 고개를 들던 진가흔이 표정을 굳혔다.

이곳에서 만나기로 약속했던 인물이 객잔 안으로 들어서고 있었다.

"늦었군."

"늦지 않았습니다. 형님이 일찍 도착하셨지요."

깔끔한 느낌의 백색 유삼을 걸치고 학사건을 단정하게 눌러쓴 연자경의 얼굴은 꽤나 오랜 시간이 흘렀지만 조금도 변하지 않았다.

마치 그동안 세월의 흐름에서 한 걸음 비켜났던 것처럼.

"십 년 만인가?"

"정확히 구 년 십일 개월 하고 열흘 만입니다."

그리고 미리 준비했다는 듯이 연자경이 꺼내는 대답을 듣고서 진가흔이 쓴웃음을 지으며 고개를 끄덕였다.

"그 꼼꼼한 성격은 변함이 없군."

"성격은 변하지 않더군요."

"그래, 갑자기 무슨 일로 나를 찾았지?"

"우연히… 이 근방을 지나갈 일이 생겼거든요."

"우연히?"

진가흔의 미간에 주름이 잡혔다.

우연이란 단어는 함부로 쓸 수 있는 것이 아니다.

더구나 진가흔은 연자경에 대해 누구보다 잘 알고 있었다.

그리고 그가 알고 있는 연자경이란 사내는 우연이란 말을 함부로 쓸 정도로 녹록하지 않았다.

계산적이라는 말로는 부족한 치밀한 자.

행동으로 옮기기 전에 머릿속으로 수십, 수백 번을 계산하고 확신이 섰을 때에만 비로소 움직이는 꼼꼼한 성격의 소유자가 연자경이란 사내였으니까.

"우선은 식사부터 하시지요."

"그러지."

"어제도 술을 많이 드셨나 봅니다. 입을 여실 때마다 주향이 여기까지 진동을 합니다."

한 올의 머리카락도 흘러내리지 않도록 반듯하게 머리를 뒤로 넘긴 연자경의 얼굴에 처음으로 희미한 웃음이 떠올랐다.

하지만 진가흔의 두 눈은 오히려 차갑게 가라앉았다.

'어제'가 아니라 '어제도'라고 했던 연자경의 말을 진가흔은 놓치지 않았다.

무심코 넘겨 버릴 수도 있는 말이었지만 그럴 수 없었다.

지금 연자경이 꺼낸 말은 우연히 들렸다는 조금 전의 이야기가 거짓이라는 것을 알려주고 있었으니까.

"소식은 들었다."

"어떤 소식을 말씀하시는 겁니까?"

"대과에서 장원을 차지했다는 소식."

연자경의 입가로 한 가닥 웃음이 스치고 지나갔다.

그리고 별것 아니라는 듯이 대꾸했다.

"운이 좋았습니다."

"운으로 대과의 장원을 차지했다는 말은 대과에서 떨어진 다른 사람들을 모욕하는 말이다. 그런 말은 내 앞에서 꺼내지 말도록."

"죄송합니다. 저는 다만……."

"변명 따윈 됐다. 어차피 이런 이야기를 나누기 위해서 여기까지 찾아오지는 않았을 테니까."

뭔가 할 말이 남아 있는 듯 입매를 실룩였지만 연자경은 더 이상 그에 대한 이야기를 꺼내지 않았다.

대신 다른 이야기를 꺼내기 시작했다.

"돌아오실 생각은 없으십니까?"

"또 그 질문인가?"

"제게는 가장 중요한 질문이니까요."

"전혀 없다."

"이유를 물어도 되겠습니까?"

"예전에 이미 대답했던 것으로 기억하는데, 지금의 생활에 만족하고 있다고."

지금 흘러나온 진가흔의 대답이 마음에 들지 않은 걸까.

씁쓸한 웃음이 떠올라 있는 연자경의 얼굴을 힐끗 살핀 진가흔이 엽차를 들어 올렸다.

연자경과는 동문수학하던 사이.

만약 진가흔이 대과를 포기하지 않았다면 지금쯤 연자경과 같은 길을 걷고 있을지도 모르는 일이었다.

그리고 그랬다면 그의 인생은 지금까지와는 전혀 다른 방향으로 흘러갔을 것이다.

아마 지금 마주 앉아 있는 연자경처럼 관료가 되어서 또 다른 위치에서 이 어두운 세상을 바라보고 있을 터였다.

"남의 뒤치다꺼리나 하고 있는 지금의 생활에 정말 만족하시는 겁니까?"

진가흔이 떠올리고 있던 상념은 연자경이 조금은 날카로워진 목소리로 꺼낸 질문으로 인해서 깨졌다.

그 말을 듣는 순간 확신했다.

연자경은 이곳에 도착하기 전에 이미 자신의 뒷조사를 했다는 것을.

그리고 조금 화가 났다.

사람에게는 모두 각기 다른 인생이 있는 법이었다.

어느 누구의 인생이 가치가 있는가를 판단할 수 있는 절대적인 잣대는 결코 있을 수가 없었다.

남들이 보기에는 코웃음을 칠 정도로 비천한 인생이라 해도 좀 더 깊숙이 들어가 살펴보면 그 나름대로의 인생에는 모두 가치가 있는 법이었고, 그것은 진가흔의 인생도 마찬가지였다.

"변했군!"

“인정하겠습니다. 살아가는 환경이 다르고 방식이 달랐으니까요. 그래도 제 생각에는 변함이 없습니다.”

“네 생각까지 뜯어고칠 생각은 없어.”

“알고 있습니다, 그렇게 다정한 분은 아니라는 사실쯤은.”

“그럼 됐군.”

그 말을 끝으로 잠시 대화가 끊기며 적막이 찾아왔다.

그리고 자신의 의도대로 흘러가지 않는 대화 때문인지 살짝 얼굴이 상기된 연자경이 엽차를 들어 올릴 때, 진가흔이 다시 입을 뗐다.

“내 인생이야. 더 이상 참견하지 마.”

“하지만……”

“기껏 그따위 말을 하기 위해서 찾아온 거라면 식사나 하고 돌아가도록. 여기까지 찾아왔으니 계산은 내가 하지.”

조금 전에 점소이에게 주문했던 음식이 나오기 전이었지만, 진가흔은 미련없이 자리를 박차고 일어났다.

하지만 그는 움직이지 못했다.

“이제는 돌아오라는 말씀도 드리지 못하게 되었습니다. 그러기에는 너무 늦어버렸으니까요.”

연자경이 혼잣말처럼 힘없이 중얼거리는 이야기를 진가흔은 놓치지 않았다.

대체 무슨 의미일까?

진가흔의 두 눈이 일순 흔들렸다.

그리고 그런 그의 시선이 아래로 향했다.

일어서 있는 그의 옷소매를 연자경이 움켜쥐고 있었다.

당장에 그 손을 뿌리치고 떠나려 했지만 진가흔은 결국 그리하지 못하고 다시 자리에 앉았다.

지금 그를 올려다보고 있는 연자경의 눈빛.

그 눈빛이 아까와 달라져 있었다.

예전 함께 동문수학하던 당시, 학문을 논하고 인생을 논하던 시절의 순수한 눈빛으로 바뀌어 있었다.

그리고 그 눈빛 한편에는 절실함이 담겨 있었다.

아직 그 이유까지는 모르겠지만.

"역시 하나도 변하지 않으셨군요."

"아까 네 입으로 말했잖아, 성격은 변하지 않는다고."

연자경은 눈빛만 바뀐 것이 아니었다.

조금 전 나누었던 대화를 통해서 마음속 한켠에 가지고 있던 무거운 짐을 덜어낸 사람처럼 표정도 한결 가벼워져 있었다.

"긴히 드릴 말씀이 있습니다."

"말해, 다시 돌아오라는 말만 빼고."

"그전에 하나만 약조해 주십시오, 제 부탁을 들어주시겠다고."

"그건 일단 들어본 후에."

"먼저 약조해 주십시오."

점소이가 다시 가져다 놓은 엽차를 들어 올리던 진가흔이 멈칫했다.

그리고 다시 고개를 들어 연자경을 바라보았다.

연자경은 그 누구보다 맺고 끊는 것이 철저한 자.

쓸데없는 고집을 피우는 자가 아니었다.

게다가 가볍게 흘려듣기에는 지금 연자경의 표정이 너무나 심각했다.

"무슨 일이지?"

예상은커녕 짐작조차 가지 않았다.

지금 연자경이 꺼내려는 부탁이 어떤 내용일지.

"떠나세요."

"뭐라고?"

"가능한 한 멀리."

신경을 기울여야만 간신히 들을 수 있을 정도로 연자경의 목소리가 낮아져 있었다.

한참만에야 그 이야기를 알아들은 진가흔이 눈살을 찌푸렸다.

이건 어떤 의미로 받아들여야 할지 감이 잡히지 않았다.

그동안 연락 한 번 없다가 약 십 년 만에 갑자기 찾아와서 꺼내는 말이 가능한 한 멀리 떠나라는 것이라니.

당연히 받아들일 수 없는 부탁이었다.

그래서 진가흔이 천천히 고개를 흔들 때, 연자경이 그의 손을 움켜쥐었다.

힘이 실린 손, 맞잡은 손에서 뜨거운 체온이 전해졌다.

진가흔과 연자경 사이에는 십 년이란 시간의 벽이 있었지만 그 세월을 뛰어넘는 뜨거움이 전해지고 있었다.

그리고 살짝 떨리고 있는 뜨거운 손은 그가 지금 얼마나 절실하게 진가흔을 걱정하고 있는가를 말하고 싶은 듯했다.

그 마음이 전해져서 가슴이 뜨거워졌지만 진가흔은 웃지 않았다.

손바닥에 전해지는 까칠한 감촉!

굳이 눈으로 확인하지 않아도 알 수 있었다.

이건 꼬깃꼬깃하게 접힌 종이였다.

'왜지?

그것을 깨달은 순간, 가장 먼저 든 감정은 의아함이었다.

슬쩍 고개를 들어 주변을 살폈지만 객잔 안에 있는 손님 중 진가흔과 연자경의 대화에 신경을 기울이는 자는 보이지 않았다.

게다가 이미 시간이 꽤 흐르면서 객잔 안의 삼분의 일을 채우고 있던 손님들은 대부분 떠난 후였다.

창가 쪽에 홀로 앉아서 소면을 먹고 있는 상인처럼 보이는 마흔 중반의 사내와 어제 술이 과했는지 초췌한 안색으로 엽차를 홀짝거리고 있는 젊은 두 명의 사내가 객잔 안에 남아 있는 손님의 전부였다.

더구나 연자경은 관의 인물이었다.

그동안 연락을 거의 끊다시피 하고 살았기에 연자경의 정확한 직책까지는 알지 못하지만 대과에서 장원을 차지한 후 십 년에 가까운 시간이 흘렀으니 도중에 큰 실수를 저지르지 않았다면 현재의 위치가 결코 낮지는 않을 터였다.

그런 그가 이렇게까지 다른 사람의 이목을 신경 쓰고 있다는 사실로 인해 더욱 의구심은 짙어졌다.

하지만 진가흔도 눈치는 있었다.

최대한 자연스러운 표정을 지은 채 가볍게 주먹을 말아 쥐어 꼬깃꼬깃 접힌 종이를 손바닥 안에 감추었다.

―나중에 보세요.

―언제?

―정확한 때는 저도 모릅니다. 당장 오늘이 될 수도 있고, 며칠 뒤가 될 수도 있고, 아니면 아예 아무 일도 일어나지 않을 수도 있습니다.

―……?

―다만 그때가 되면 느낄 수 있으실 겁니다. 개인적으로는 형님께서 그 쪽지를 보지 않기를 바라지만.

―무슨 소리야?

―천망회회 소이불실(天網恢恢 疏而不失).

―천망회회 소이불실?

하늘의 그물은 크고 넓어 엉성해 보이지만, 결코 그 그물을 빠져나가지는 못한다는 뜻이다.

노자 임위 편에 나오는 말로써 진가흔도 모를 리가 없었다.

하지만 연자경이 대체 지금 이 말을 꺼낸 이유가 무엇인지 진가흔의 신경을 팽팽하게 곤두서게 만들고 있었다.

—아무리 찾아봐도 도저히 빠져나갈 길이 보이지 않을 때, 그때 그 종이를 열어보세요. 한 번은 살 수 있는 길을 열어줄 겁니다.

누가 들을지도 모른다는 걱정 때문인지 연자경은 입을 여는 대신 탁자 위에 손가락으로 물을 묻힌 뒤 글을 적어 하려는 말을 전했다.

그리고 전하려는 말을 마치자마자 쫓기는 사람처럼 서둘러 일어났다.

"오래간만에 만났는데 아쉽군요."

"벌써 일어나려고?"

"나중에… 나중에 다시 만날 기회가 있겠지요."

이번에는 연자경이 자리에서 먼저 일어났다.

그리고 마지막 인사라도 하듯이 살짝 고개를 숙인 후 걸어나가는 연자경의 등을 진가흔이 물끄러미 바라보았다.

너무나 갑작스러운 만남과 쫓기듯 서둘러 찾아온 이별이었다.

그래서 복잡한 감정을 담은 두 눈으로 진가흔이 멀어지는 그의 등을 바라보고 있을 때, 연자경이 걸음을 멈추었다.

“꼭 다시 만날 수 있기를 바라겠습니다.”

고개를 돌린 연자경의 얼굴에는 웃음이 떠올라 있었다.

그러나 진가흔은 알아챘다.

억지로 만든 웃음이라는 것을.

그리고 놓치지 않았다.

연자경의 눈동자가 맺혀 있는 눈물로 인해 흐릿하게 변해 있다는 것을.

주문한 음식을 점소이가 가지고 탁자로 다가올 때 진가흔도 자리에서 일어나 객잔 밖으로 걸어나왔다.

꼭 움켜진 그의 주먹에는 아직 꼬깃꼬깃 접힌 종이가 쥐어져 있었다.

편일장은 여러 가지 사업을 하는 상단이다.

그 여러 가지 사업 중 가장 대표적인 것은 사채업이다.

실제로 이곳 하남성 낙양 땅에 살고 있는 사람들에게 다가가 편일장이 대체 어떤 곳이냐고 물으면 대부분 사채업을 하는 곳이라고 답한다.

급전이 필요한 사람에게 돈을 빌려주고 이자를 받아내는 사채업을 하지만 악덕 사채업자라는 소리는 듣지 않는다.

터무니없을 정도로 고리의 이자를 붙이지는 않으니까.

그리고 행여나 약속한 기일에 돈을 갚지 못하는 경우가 발생한다 하더라도 극한의 상황으로 몰아붙이지도 않았다.

정중하게 찾아가 기일이 지났음을 알리고 얼마간의 말미를 주면서 다시 기회를 주는 경우가 대부분이었다.

그래서 현재 낙양 땅에 살고 있는 대부분의 사람들은 편일장에 대해 나쁜 인상을 가지고 있지 않았다.

오히려 호의를 가진 경우가 대부분이었다.

물론 문제는 있었다.

다른 사채업자들처럼 독하게 하지 않으니 빌린 돈을 갚지 않고 잠적하는 사람들도 적지 않았다.

그로 인해 발생하는 손실은 고스란히 편일장에게 타격이 되어 돌아가지만 용케 망하지는 않았다.

저대로 가다가는 머지않아 망할 것이라는 인근 사람들의 예상과 달리 편일장은 늘 그 자리에 버티고 있었다.

그리고 그에 대해서는 많은 의견이 분분했지만 그중 두 가지 의견이 가장 설득력을 얻고 있었다.

하나는 편일장의 장주인 서유림이 원체 대단한 갑부여서 그 정도 손실에는 눈도 꿈쩍하지 않는다는 것이고, 나머지 하나는 편일장이 사채업으로 입은 손실을 보상하고도 남을 사업을 하고 있다는 것이었다.

물론 이것도 중인들이 제멋대로 한 추측에 불과했다.

그러나 그 추측 중 반은 맞았다.

진가흔이 아는 한 편일장의 장주인 서유림은 대단한 갑부가 아니었다.

그저 일반 서민들에 비해서는 조금 더 가진 것이 많을 뿐이었다.

하지만 편일장이 사채업에서 입은 손실을 보상하고도 남을 만한 또 다른 사업을 하고 있는 것은 사실이었다.

워낙 은밀하게 펼치고 있는 사업이라서 이 사업의 실체를 아는 사람은 극히 제한되어 있었지만.

그리고 진가흔은 편일장이 비밀리에 운영하고 있는 사업에 대해서 알고 있는 사람 중 한 명이었다.

아니, 그 사업을 이끌어가고 있는 핵심 인물 중 한 명이었다.

해가 중천에 떠올랐을 무렵, 진가흔이 편일장으로 들어섰다.

고작 반 시진만 더 지나면 점심 식사를 할 시간이니, 출근이라고 하기에는 분명 늦은 시간이었다.

그러나 진가흔은 서두르지 않았다.

그리고 편일장에서 일하고 있는 자들 중 정문으로 들어서는 진가흔을 보지 못한 사람이 없을 리 없었지만, 어느 누구도 다가와서 싫은 소리를 하지 않았다.

오히려 지금 시간에 느릿느릿 걸어오는 진가흔의 모습이

익숙한 듯이 아무도 신경 쓰지 않았다.

번듯해 보이는 전각들에게는 한눈도 팔지 않고 천천히 걸음을 옮긴 진가흔이 멈춘 것은 창고처럼 허름하게 지어진 건물 앞에 도착하고 난 후였다.

반쯤 문을 열고 건물 안으로 들어섰지만 실내는 간신히 사물을 분간할 수 있을 정도로 어두컴컴했다.

손바닥보다 조금 큰 창 하나를 통해서 햇살이 쏟아져 들어오고 있었지만 실내의 칙칙한 느낌을 모두 몰아내기에는 턱없이 모자랐다.

그러기에는 창이 너무나 작았다.

가지런히 놓여 있는 다섯 개의 침상.

그러나 그 침상들의 주인은 아무도 없었다.

하지만 이 광경도 이미 익숙해서 새로울 것이 없었다.

이곳에서 함께 지내는 인물들은 이렇게 이른 시간에 출근하는 것이 오히려 이상한 일이었다.

시간이 조금 더 흘러 점심 식사를 할 때쯤이 되면 각자 어디론가 사라졌다가 꾸역꾸역 기어들어 올 것이다.

"너무 일찍 나왔군."

다섯 개의 침상 중 문에서 가장 멀리 떨어진 침상이 진가흔의 것이었다.

자신의 침상을 향해 걸어가려던 진가흔은 누군가 어깨를 건드리는 것을 느끼고 느릿하게 고개를 돌렸다.

"아, 술 냄새!"

그런 진가흔의 눈에 코를 움켜쥐고 있는 단화영이 들어왔다.

이제 불과 열여덟.

이렇게 험한 곳에서 일하기에는 아직 어린 단화영이었다

하지만 벌써 이곳에서 일한 지 이 년이나 지났으니 진가흔보다도 경력이 훨씬 오래된 셈이었다.

"꼬맹이, 일찍 왔구나."

마땅히 선배라고 불러야 했지만 아직 턱에 수염도 제대로 나지 않은 단화영에게 선배라고 부르기는 거북했다.

그래서 진가흔은 단화영을 꼬맹이라 불렀고, 단화영도 가끔씩 입술을 삐죽이기는 했지만 크게 불만을 드러내지는 않았다.

"또 술 마셨어요?"

"조금."

"조금이라고요? 술 냄새가 아직까지 진동을 하는데."

머리를 절레절레 흔들며 단화영이 먼저 걸음을 옮겼다.

그리고 묵묵히 그 뒤를 따라 걸음을 옮긴 진가흔이 침상에 앉아 등을 기대고 눈을 감으려 했지만 단화영의 잔소리는 이제부터가 시작이었다.

"또 어디서 그렇게 술을 마셨어요?"

"주루."

"보나마나 새벽까지 마셨겠네. 그러니 아직까지 술 냄새가

진동을 하지. 몸 상태가 그래서 어디 일이나 제대로 할 수 있
겠어요?"

"……."

"언제 갑자기 일이 생길지 모르는데 몸 관리 정도는 알아
서 해야 하는 것 아니에요? 여기 들어온 지도 벌써 육 개월이
나 지났는데."

"일은 할 수 있다."

"말만 그렇게 번지르르하게 늘어놓지 말고 행동으로 보여
줘요. 괜히 다른 사람까지 위험하게 만들지 말고."

단화영은 잔소리가 심했다.

나이는 진가흔에 비해서 한참이나 어렸지만, 그래도 이 일
을 한 경력은 자기가 많다는 것을 강조하고 싶은 듯 유독 진
가흔에게만 잔소리를 심하게 하는 편이었다.

그리고 진가흔은 그런 단화영의 잔소리를 묵묵히 들어주
는 편이었다.

아직 단화영은 어렸다.

객지에서 생활하는 것의 고단함은 어른이라 해도 견디기
힘든 법인데, 어린 나이의 단화영이 감당하기 쉬울 리 없었다.

힘들다는 티를 내지 않기 위해 애써 더 밝은 척하고 있지만
진가흔의 눈에는 그것이 보였다.

어쩌면 이렇게 잔소리를 하는 것도 외로움을 드러내지 않
기 위한 하나의 방편일지도 몰랐다.

그런 단화영의 마음을 모르는 바도 아니었고, 대꾸하지 않고 가만히 내버려 두면 제풀에 지쳐 잔소리를 멈춘다는 사실도 알고 있기에 진가흔은 다른 생각을 하기 시작했다.

연자경을 만난 이후 머리가 복잡했다.

가뜩이나 숙취 때문에 머리가 아픈 상황이었는데.

그래서 진가흔이 침상에 등을 기대고 눈을 감았다.

"지금 자는 거예요? 그렇게 잠만 잔다고 해서 숙취가 사라져요? 차라리 밖에 나가 뜀박질이라도 하고 와요."

그냥 못 들은 척하는 게 나을까, 아니면 이번에는 어떤 말로 대꾸할까를 고민하고 있을 때 문이 열리는 소리가 들렸다.

끼이익.

마침 불어온 바람에 실려서 풍겨오는 주향.

진가흔이 실눈을 뜨자 거구의 사내가 보였다.

키는 무려 칠 척에 이르고 덩치도 커서 보보를 뗄 때마다 쿵쿵 소리가 나며 바닥이 울리고 있었다.

더구나 왼쪽 뺨에 세로로 나 있는 손가락 두 마디 정도 길이의 굵은 흉터와 짙은 눈썹은 무척 강렬해서 험악하다는 느낌을 주기에 충분했다.

우연히 눈이 마주친 사람들의 시선을 먼저 피하게 만들기에 충분하고도 남는 인상을 가진 사내의 이름은 석대운이었다.

역시 편일장에 속해 있으며 진가흔과 함께 일을 하는 이들 중 하나였다.

아예 술이 든 호리병까지 손에 들고서 들어서는 석대운을 보고서 '그냥 넘어가기는 힘들겠군' 이라는 생각을 한 진가흔이 쓴웃음을 지었다.

그리고 진가흔의 예상은 빗나가지 않았다.

보통 사람들과 달리 단화영은 함께 지낸 시간이 오래여서인지 험상궂기 그지없는 석대운의 외양에도 전혀 주눅 들지 않았다.

기다렸다는 듯이 잔소리를 시작했다.

"뭐야? 설마 지금까지 술을 마신 거예요?"

"그래. 그게 어때서?"

"진짜 왜 이래요? 달마다 녹봉을 꼬박꼬박 받으면서 근무 시간까지 술을 마시고 다녀서야 되겠어요?"

"남 이사."

굵은 수염으로 빈틈없이 덮인 턱을 왼손으로 긁적이며 귀찮다는 듯이 툭 하고 석대운이 대꾸했다

"아니, 지금 뭘 잘했다고……."

"꼬맹아, 너는 아직 나이가 어려서 잘 모르겠지만 어른들의 세상에는 수많은 시련이 있단다. 이 술마저도 없으면 어찌 그 시련을 견딜 수 있을까?"

"또 그 소리. 하는 일도 없이 빈둥거리기만 하면서 시련은 무슨."

"너도 좀 더 크면 알게 된다. 아직 거시기에 털도 다 자라

지 않은 네가 뭘 알겠느냐. 안 그렇소, 진 형?"

소의 눈처럼 커다란 두 눈 중 한쪽 눈을 찡긋하며 석대운이 던진 말을 듣고 진가흔이 못 이긴 척 슬쩍 고개를 끄덕였다.

어쨌든 반가웠다.

때마침 석대운이 등장해 준 덕분에 단화영의 잔소리는 더 이상 자신에게로 향하지 않았으니까.

"매일 술만 마시고 일은 언제 하려고 그래요?"

"아직 쪼끄만 녀석이 계집애처럼 잔소리는. 일이 있어야 할 것 아니냐? 일거리만 있다면 지금 당장에라도 할 수 있으 니 걱정하지 말거라."

"술에 취해서 걸음도 제대로 못 걸으면서."

"누가 못 걷는다고 그래?"

"그럼 어디 걸어봐요."

"봐라. 제대로 걷고 있잖… 어어!"

쿵!

양팔을 펼치고 일직선으로 걷기 위해 노력하던 석대운의 발이 꼬이며 침상과 부딪치면서 요란한 소리가 흘러나왔다.

"봐요. 제대로 못 걷잖아요."

"허허, 한 번 실수는 병가지상사(兵家之常事). 다시 한 번 하 자."

"그런다고 달라지겠어요?"

"하긴, 그러기도 귀찮다. 여기도 편하고 좋구나. 허허!"

"진짜 내가 못살아!"

쉴 새 없이 이어지고 있는 단화영의 잔소리와 아예 바닥에 드러누운 채 석대운이 멋쩍은 듯 터뜨리고 있는 너털웃음을 한 귀로 흘리며 진가흔은 연자경에게서 건네받은 종이에 대한 생각에 잠겼다.

궁금했다.

그 종이에 어떤 내용이 적혀 있을지가.

하지만 연자경은 부탁했다.

지금이 아니라 나중에 때가 되면 읽으라고.

진가흔은 연자경을 믿었다.

그가 알고 있는, 또 기억하고 있는 연자경은 신뢰할 만한 사내였다.

그리고 그는 변하지 않았다.

변했다고 생각했던 것은 진가흔의 오해였다.

살아가는 환경이 변했다고 해서 그 변한 환경에 휩쓸려서 스스로를 잃어버리지 않을 자였다.

그래서 애써 치밀어 오르고 있는 호기심을 억눌렀다.

연자경의 말대로 시간이 흐르면 알 수 있을 것이라는 말로 자위하면서.

침상에 등을 기댄 채 눈을 감고 있던 진가흔이 다시 몸을 일으켰다.

그리고 석대운에게 쉴 새 없이 잔소리를 늘어놓고 있었지만 단화영은 진가흔이 일어서는 것을 놓치지 않았다.

"어디 가요?"

"밥 먹으러."

"어, 아직 식당 문 열려면 시간이 좀 남았는데."

진가흔의 대답을 들은 단화영이 고개를 갸웃했다.

편일장의 장주인 서유림은 꽤나 솜씨가 괜찮은 숙수를 고용해서 장 내에서 식사를 해결할 수 있도록 식당을 만들어두었다.

그리고 단화영의 말처럼 식당이 문을 열려면 일다경은 기다려야 했다.

그제야 뭔가를 눈치챈 단화영이 눈살을 찌푸렸다.

"또 밖에서 먹으려는 거예요?"

"그래."

"왜 공짜 밥을 놔두고서 자꾸 밖에 나가서 돈을 쓰고 그래요? 자꾸 그래서 언제 돈을 모아요? 그러니까 아직 장가도 못 가고 이렇게 노총각으로 살고 있지."

"남 이사."

석대운의 말투를 흉내 내며 진가흔도 불퉁한 표정으로 대꾸했다.

그제야 진가흔이 자신을 놀리고 있다는 사실을 깨달은 단화영이 얼굴이 붉게 상기된 채 쏘아붙였다.

"남은 생각해서 하는 말인데 진짜 너무하네."

"약속이 있다!"

그리고 변명처럼 꺼낸 진가흔의 대답을 듣고서 이제는 스스로도 지친 듯 한숨을 내쉬며 말했다.

"알았어요. 누가 말리겠어요? 대신 늦으면 안 돼요? 대운 아저씨는 술에 취했고, 연춘 아저씨도 언제 돌아올지 모르니까. 재수없으면 오늘은 가흔 아저씨와 저 둘이서 일을 나가야 할지도 몰라요."

"늦지 않을 것이다."

짤막한 대답을 남기고 진가흔이 숙소의 문을 열고 밖으로 나왔다.

머리 위로 강렬하게 내리쬐고 있는 햇빛으로 인해 살짝 눈살을 찌푸리며 하늘을 올려다보았다.

아직 절반도 움직이지 않은 태양.

어쨌든 오늘은 특이한 날이었다.

아직 하루의 반도 지나지 않은 시간이건만 몇 년간 연락을 끊은 채 살던 이들을 두 명씩이나 만나게 되는 셈이었다.

그저 우연일까.

진가흔이 고개를 흔들었다.

아직은, 그래, 아직은 아무것도 알 수 없었다.

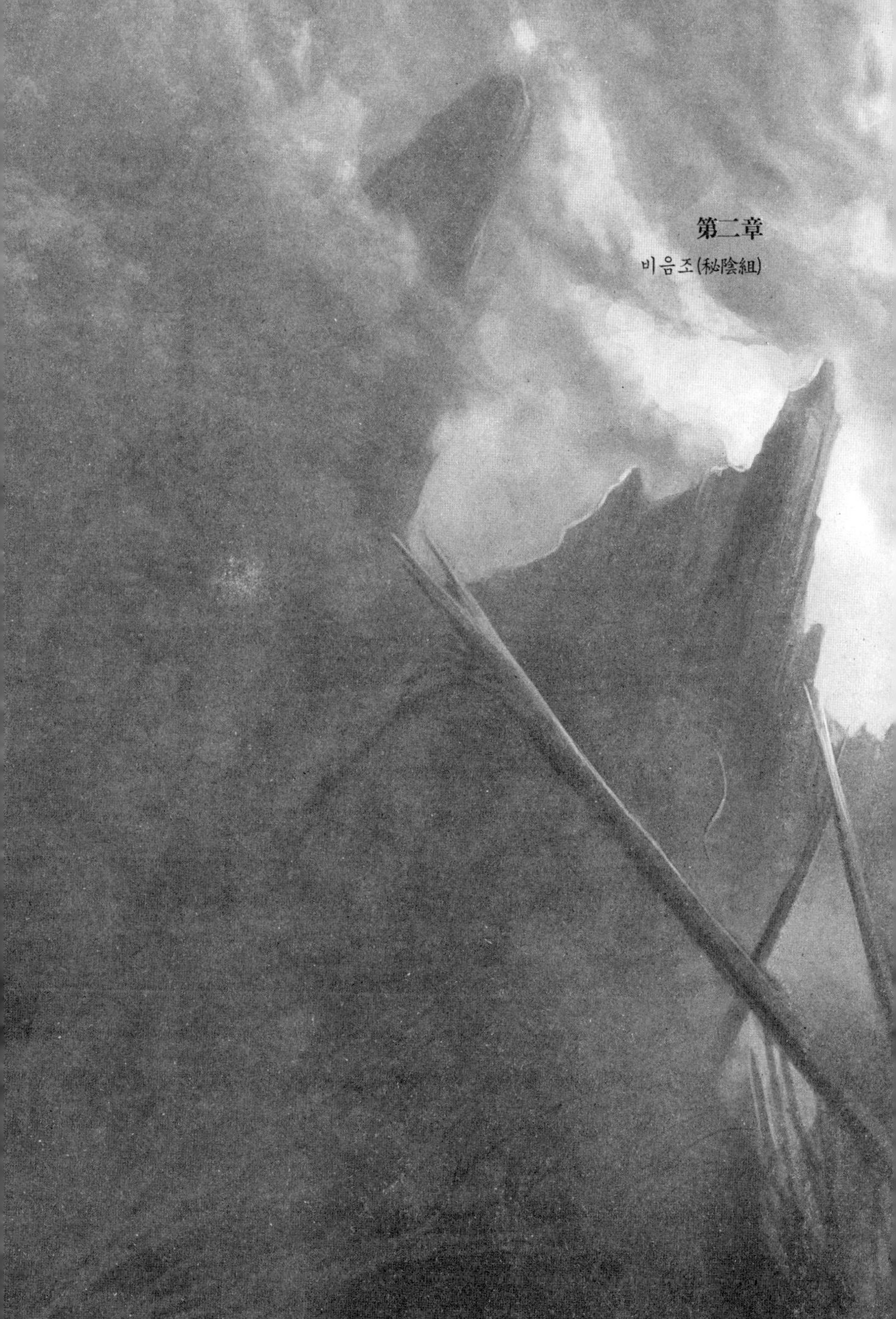
第二章
비음조(秘陰組)

暗帝魔宗 암제혈로

이번 약속 장소는 객잔이 아니었다.

황두호와 만나기로 한 곳은 시장 내에 있는 화춘이라는 이름의 포목점이었다.

일반 서민들은 감히 살 엄두도 내지 못할 정도의 고급 비단만을 취급하는 화춘 포목점은 오늘따라 유난히 한산했다.

손님은커녕 파리 한 마리 찾아볼 수 없는 화춘 포목점의 내부를 슬쩍 살피던 진가흔의 두 눈에 잠시 이채가 스치고 지나갔다.

그러나 그도 잠시, 진가흔은 망설이지 않고 안으로 들어섰다.

쌓아둔 원단의 먼지를 털고 있던 점원이 진가흔이 들어서
는 것을 보고 눈살을 찌푸리는 것이 보였다.

아마도 허름한 옷차림 때문이리라.

못마땅한 기색을 감추지 않고 앞으로 다가온 점원은 포목
점 안으로 들어서려는 진가흔의 소매를 다짜고짜 붙잡았다.

“뭘 찾으십니까?”

그래도 손님 앞이라 억지로 웃음을 짓고 있었지만 목소리
에 섞여 있는 퉁명스러움까지는 지우지 못했다.

“특별히 찾는 것은 없다.”

“그럼요?”

“이곳에서 약속이 있다.”

진가흔의 대답을 들은 점원의 얼굴에 다시 짜증 섞인 표정
이 떠올랐다.

그리고 가게 밖으로 쫓아낼 기세였던 점원은 의외로 귓속
말로 속삭였다.

“강호제일미(江湖第一美)는?”

뜬금없는 질문이었지만 진가흔도 당황하지 않고 대답했다.

“무룡 숙모.”

“화령 사일경이 아니고?”

“적어도 여기서는 무룡 숙모지.”

암구호처럼 주고받은 귓속말.

“제 뒤를 따라오시죠.”

그 귓속말이 끝나자마자 점원은 날카로운 눈초리로 슬쩍 밖을 살핀 후 진가흔의 소매를 움켜쥐고 있던 손에 힘을 더해 끌어당겼다.

그리고 그 점원의 손에 끌려간 진가흔은 포목상의 뒷문으로 빠져나와 다시 기루의 뒷문을 통해서 들어가 하나의 방 앞에 도착하고서야 멈추었다.

"그럼!"

할 일을 마친 듯 점원이 사라지자 진가흔은 망설이지 않고 닫혀 있는 문을 열어젖히고 방 안으로 들어섰다.

"오랜만입니다, 형님!"

기다리느라 지루해서일까. 한 올의 머리카락도 없는 반질반질한 머리를 긁적이고 있던 황두호가 자리에서 벌떡 일어나며 진가흔을 맞이했다.

"이게 얼마만이지?"

"한 삼 년 만인 것 같습니다. 아닌가? 좀 더 됐나?"

"……"

"뭐 그딴 게 그리 중요합니까? 이렇게 다시 만났다는 것이 중요하지."

히죽 웃으며 자리를 권하는 황두호를 향해 가볍게 고개를 끄덕이며 진가흔이 미리 꺼내져 있는 방석 위에 앉았다.

"갑자기 여긴 어쩐 일이냐?"

"지나가는 길에 들렀습니다."

“꽤나 바쁜 걸로 알고 있는데, 하남 땅까지 올 일이 뭐가 있
지?”

“대외비입니다.”

“대외비?”

“이런 말씀 드리기는 뭐하지만 형님은 이제 같은 식구가
아니니까요. 그렇다고 섭섭하게 생각하지는 마십시오.”

황두호는 자신의 감정을 감추지 못했다.

정작 진가흔은 조금도 서운하지 않은데, 이야기를 꺼내는
황두호는 얼굴에는 미안한 표정이 떠올라 있었다.

그리고 진가흔이 황두호를 좋아했던 이유는 바로 이런 그
의 모습 때문이었다.

누구보다 정이 많고 또 정에 약한 모습.

그만큼 진가흔은 황두호에 대해 잘 알고 있었다.

그래서 지금 앞에 놓인 뜨거운 차를 서둘러 마시다가 입을 데
고 난 후 잔뜩 인상을 쓰고 있는 모습을 보고 확신할 수 있었다.

뭔가 할 말이 있어서 여기까지 찾아왔다는 것을.

“얼굴 봤으니 됐다. 그만 돌아가라.”

“아니, 그게 뭔 소리입니까? 이게 얼마 만에 만난 것인데
벌써 돌아가라고 하십니까?”

“네 말대로 너와 나는 더 이상 한 식구가 아니다. 가는 길
이 다른 이상 이렇게 만날 이유가 없다.”

서운하게 느낄지도 모르지만 진가흔은 일부러 차갑게 말

했다.

그리고 예상대로 황두호는 금세 서운한 감정을 표정으로 드러냈다.

"아직 차도 다 안 마셨는데."

"차를 마시는 것은 어디서나 할 수 있다. 나는 먼저 돌아갈 테니 너는 차를 천천히 마시고 다시 항주로 돌아가라."

진가흔이 눈을 가늘게 뜨고 황두호를 노려보았다.

일주일에 서너 번은 지나치는 시장 바닥.

그런 만큼 화춘 포목점에서 일하고 있는 점원의 얼굴 정도는 기억하고 있었다.

그래서 조금 전 자신과 귓속말을 주고받던 점원이 진가흔이 지금까지 보아왔던 화춘 포목점의 점원이 아니라는 것쯤은 진즉에 눈치챘다.

아마 황두호가 데려온 자일 터였다.

가장 믿고 아끼는 수하.

비밀도 공유할 수 있는 수하.

모르긴 해도 틀림없이 그럴 것이다.

정에 약하고, 그래서 정에 이리저리 이끌려 다니기는 하지만 일 처리 하나만큼은 확실하게 하는 황두호였으니까.

지금 이 사실들이 시사하는 바는 하나였다.

정확히 무엇인지는 알지 못해도 황두호가 상당한 위험을 무릅쓰고 이곳을 찾았다는 것이다.

그리고 진가흔은 황두호가 자신 때문에 위험에 처하는 것
을 가만히 내버려 둘 정도로 이기적인 위인이 되지 못했다.

그래서 미련없이 자리에서 일어났다.

하지만 이번에도 황두호가 진가흔의 소매를 붙잡았다.

"매정하신 것은 변함이 없네요."

"네 말대로 이젠 한 식구가 아니니까."

"아까는 거짓말을 했습니다. 지나가는 길에 들른 것이 아
닙니다. 전해 드릴 말이 있어서 여기까지 찾아왔습니다."

진가흔의 소매를 붙잡고 있는 황두호의 손아귀에 실린 힘
은 억셌다.

절박한 심정을 전하고 싶은 듯이.

그래서 매정하게 뿌리치지 못하고 진가흔이 물었다.

"뭐지?"

"떠나세요."

"어디로?"

"가능한 한 멀리."

진가흔이 마른침을 꿀꺽 삼켰다.

"떠나세요. 가능한 한 멀리."

아침에 만난 연자경이 꺼낸 말과 토시 하나 다르지 않고 같
은 이야기. 우연일까.

이제 확실히 알았다.

이건 우연이 아니었다.

보통 우연은 두 번씩이나 겹치지 않으니까.

그리고 이건 간단히 넘길 수 있는 문제가 아니라는 판단이 들었다.

뭔지는 정확히 모르지만 어떤 일이 벌어지고 있었다.

그것도 진가흔의 주위에서 그도 모르는 사이에.

"무슨 소리지?"

심상치 않음을 느낀 진가흔이 입을 뗄 때, 느닷없이 방울 소리가 울렸다.

딸랑, 딸랑, 딸랑.

정확히 세 번을 울리고 멈추는 방울 소리.

그 방울 소리를 듣자마자 황두호의 얼굴이 굳어지는 것이 보였다.

그래서 덩달아 진가흔의 마음도 급해질 때, 황두호가 서둘러 입을 열기 시작했다.

"길게 설명할 여유가 없습니다. 그러니까 잘 들으세요. 머지않아 형님은 위험에 처하게 됩니다."

"이유는?"

"그건 아직 저도 모릅니다."

"……?"

"저에게도 아직 정확한 소식은 전해지지 않았습니다. 아마

극상층의 윗선들만 알고 있을 겁니다.”

황두호의 이야기를 들으며 의구심이 점점 불어났다.

현재 황두호의 직책은 하오문의 항주 분타주였고, 결코 낮은 직책이라고 할 수 없었다.

그런 그조차도 자세한 상황에 대해서 모르고 있다면, 이건 극비리에 진행되고 있는 일일 터였다.

게다가 그런 그가 이렇게 긴박한 표정을 짓는다는 것은 그만큼 위험한 일이라는 것을 의미하고 있었다.

딸랑, 딸랑.

그때, 다시 방울 소리가 울렸다.

아까는 세 번이었지만 이번에는 두 번.

그리고 이번 방울 소리를 듣자 황두호도 더 이상 느긋하게 앉아서 기다리지 못하고 자리를 박차고 일어났다.

자세한 것까지는 알지 못했지만, 저 방울 소리가 어떤 위협이 다가오고 있다는 것을 알린다는 것은 진가흔도 눈치챘다.

“가봐. 네가 나 때문에 위험에 처하는 것은 보고 싶지 않으니까.”

“형님.”

“그 자리까지 어떻게 올라갔는지 모르는 내가 아니다. 늦기 전에 떠나라. 그래야 내 마음이 편할 것 같으니까.”

진가흔은 진심이었다.

그리고 그 진심이 전해졌는지 황두호도 더는 고집을 부리지 않았다.

"마지막으로 한 말씀만 더 드리겠습니다."

"뭐지?"

"하나만 생각하세요. 일단 살아남아야만 후일을 도모할 수 있다는 것!"

황두호가 고개를 숙였다.

더 이상 해줄 수 있는 말이 없다는 것이 미안한 듯 깊숙이 고개를 숙인 그는 서둘러 신형을 돌렸다.

딸랑.

이제 위험이 지척에 달했다는 것을 일러주듯 다시 한 번 울리는 방울 소리.

방문을 열고 나가려던 황두호가 고개를 돌렸다.

그런 그의 눈에 그렁그렁 맺혀 있는 눈물.

그 눈물이 잔잔한 호수처럼 평온하던 진가흔의 가슴속에 돌멩이를 던진 것처럼 커다란 파문을 만들었다.

"형님!"

"왜?"

"강호제일미는 이제 무룡 숙모가 아닙니다."

"……?"

"무룡 숙모는 더 이상 이 세상 사람이 아니니까요. 무슨 일이 있어도 살아남으셔야 합니다."

무룡 숙모는 하오문의 문주였다.

게다가 그녀는 진가흔과도 적지 않은 인연이 있었다.

그런 그녀가 죽었다니.

대체 왜?

그리고 누가?

의아함이 한꺼번에 밀려들었다.

그러나 현재로서는 전혀 풀 수 없는 의문들이었다.

그리고 그보다 진가흔을 더욱 혼란스럽게 한 것은 돌아서
는 황두호의 두 눈에 맺혀 있던 눈물이었다.

머리가 무겁다.

묵직한 돌덩이를 얹어놓은 것처럼 가슴도 답답했다.

그래서 아침 식사뿐만 아니라 점심 식사도 건너뛰었지만
허기조차도 느끼지 못할 지경이었다.

편일장에 있는 숙소로 돌아오는 동안 곰곰이 생각해 보았
지만 지금으로서는 알 수 있는 것이 아무것도 없었다.

어떻게든 상황을 유추해 보려 했지만 현재로써는 진가흔
이 손에 쥐고 있는 정보가 너무 없었다.

연락도 없이 지내던 연자경과 황두호가 갑자기 나타나 약
속이라도 한 듯 떠나라는 말을 꺼낸 것이 지금 그가 알고 있
는 전부였으니까.

불쾌하다.

아까부터 가슴속 깊은 곳에서 스멀스멀 피어오르고 있는 불안감이 진가흔을 불쾌하게 만들었다.

정체조차 파악하지 못하는 위험이 다가오고 있는데도 아무것도 하지 못한다는 사실이 그의 마음을 조급하게 만들고 있었다.

“휴, 마침 왔네. 빨리 준비해요. 하마터면 나 혼자 갈 뻔했잖아요.”

한없이 이어지고 있던 진가흔의 상념은 화가 단단히 난 단화영의 목소리가 흘러나오고서야 깨어졌다.

“일인가?”

“준비하고 있는 것 보면 몰라요? 시간없으니까 아저씨도 그렇게 멍하니 서 있지 말고 빨리 준비해요.”

“석 형과 하 형은?”

“저기!”

이 숙소에 현재 머물고 있는 인원은 넷이었다.

진가흔과 단화영, 석대운, 그리고 하연춘.

원래는 다섯이었지만 한 명은 개인적인 일로 자리를 비운 상황이었다.

어쨌든 단화영의 손가락이 가리키는 곳으로 시선을 따라가 보니 침상에 올라가지도 못하고 팔자 좋게 바닥에 대자로 드러누워 있는 석대운과 하연춘의 모습이 보였다.

“깨우지 않아도 되나?”

“왜 안 깨웠겠어요? 벌써 몇 번이나 시도해 봤는데 전혀 일어날 생각을 않아요! 그냥 포기해요!”

콧김을 씩씩 내뿜으며 포기하라고 소리친 단화영이 다시 한 번 서두르라고 재촉했다.

“장비 안 챙겨요?”

“챙겨야지.”

“그렇게 느긋하게 여유를 부리고 있을 때가 아니라니까요. 늦어도 반 각 후에는 출발해야 돼요. 가뜩이나 챙길 것도 많은 사람이.”

단화영의 재촉에 마지못해 진가흔이 관물장의 문을 열었다.

그리고 관물장 안에는 진가흔이 사용하는 무기들이 들어 있었다.

그 무기들을 살피던 진가흔이 가장 먼저 검을 들어 올렸다.

검집 위를 아우르고 있는 용 문양.

마치 금방이라도 살아서 승천할 것처럼 정교하게 새겨진 용 문양을 응시하던 진가흔이 손에 힘을 주어 검을 뽑아냈다.

스르릉.

살짝 드러난 검신에도 역시 살아서 움직일 듯한 정교한 용 문양이 새겨져 있었다.

그리고 그 검신이 뿜어내고 있는 예기를 확인하고 검을 허리에 찬 진가흔이 다음으로 들어 올린 것은 요대였다.

그리고 진가흔이 허리에 두르고 있는 요대에는 검지 길이의 비도들이 빼곡히 꽂혀 있었다.

얼핏 보아서는 개수를 파악하기 힘들지만 진가흔은 요대에 빼곡히 박혀 있는 비도의 개수를 정확히 파악하고 있었다.

모두 백여덟 개의 비도.

다음으로 진가흔이 꺼내 든 것은 몇 개의 구멍이 뚫려 있는 손가락 두 마디 정도로 두터운 가죽 끈이었다.

진가흔이 조심스레 그 가죽 끈을 어깨에 두를 때 그 모습을 못마땅하게 바라보던 단화영이 결국 참지 못하고 소리를 질렀다.

"적당히 해요. 어디 전쟁이라도 하러 가는 줄 알아요?"

"……."

"시간없다고 그랬죠? 그냥 검만 한 자루 차고 가요. 실력도 없는 사람이 장비만 챙긴다고 하더니."

단화영은 못마땅한 표정을 감추지 않았다.

아마도 석대운과 하연춘이 대낮부터 술에 취해 있어서 진가흔과 둘이서 일을 나가야 한다는 사실이 마음을 상하게 한 듯했다.

아직 벽장 안에는 착용해야 할 장비가 남아 있었지만, 진가흔이 고개를 돌리고 단화영에게 물었다.

"상대가 누구냐?"

"유원표국. 표두 셋에 표사가 일곱, 쟁자수가 열 명이지만 쟁자수는 없는 셈치면 전부 열 명만 상대하면 돼요."

“많지는 않군.”

“그래요. 그나마 신경을 써야 할 인물은 이번 표행의 책임 자인 여문경 정도인데 그자는 내 상대가 안 돼요.”

“여문경?”

“몰라요?”

“오초절명검(五招絕命劍) 여문경?”

“알고 있었네.”

“그자라면…….”

“걱정하지 말아요. 별호만 그럴듯하지, 실력은 별로 없어 요. 그의 손에 오 초 내에 죽은 자들은 다 실력이 없는 자들이 었으니까.”

단화영이 단언했다.

하지만 오초절명검 여문경은 단화영의 말처럼 그저 허명 만 얻었다고 할 수 있을 정도로 만만한 무인이 아니었다.

하남에서 검을 쓰는 무인 중 강한 자들을 나열할 때, 서른 명 이내에 이름을 올려놓는 검수가 그였다.

유원표국이라는 그리 크지 않는 표국의 표두로 일하기에 는 분명 그 실력이나 명성이 아까운 자였다.

하지만 진가흔은 단화영에게 아무런 말도 꺼내지 않았다.

비록 나이는 어렸지만 단화영은 고수였다.

사문?

무공 수위?

거기까지는 몰랐다.

이곳에서 함께 모여서 지내기는 하지만 자신의 사문이나 무공 수위에 관한 이야기는 전혀 꺼내지 않으니까.

그리고 누가 묻지도 않았다.

그래야 한다고 정해놓은 것은 아니지만 마치 불문율이라도 되는 양 그것만은 모두 지키고 있었다.

다만 단화영이나 석대운, 하연춘이 실전에서 펼치는 무공을 통해서 그 실력이나 사문을 짐작할 수는 있었다.

'점창!'

진가흔은 단화영의 사문이 구대문파 중 하나인 점창파라고 짐작하고 있었다.

단화영은 주로 쾌검을 쓰는 검수.

물론 강호에 쾌검을 위주로 하는 문파와 무공은 많았다.

그럼에도 불구하고 단화영의 사문을 점창파라고 생각하는 이유는 초식이 가볍고 표홀하다는 느낌이 들기 때문이었다.

그리고 진가흔이 예전에 점창파의 무인이 펼치는 검을 한 번 견식해 보았던 것도 그런 짐작을 하게 된 이유이기도 했다.

어쨌든 한 가지는 확실했다.

단화영은 말이 많았지만 쓸데없는 소리는 하지 않는다는 사실이다.

거짓말은 아예 꺼내지도 않는 편이고.

그것은 지금도 마찬가지였다.

여문경을 꺾을 자신이 있다고 말한 것은 실제로 그만한 실력이 있기 때문이었다.

"내가 할 일은?"

"그냥 짐이나 되지 않게 눈치나 잘 살펴요. 그리고 평소처럼 표물만 운반해요."

단화영의 말을 듣고 진가흔이 희미하게 고개를 끄덕였다.

짐이나 되지 않게 눈치나 잘 살피라는 말에 슬쩍 기분이 상했지만, 단화영 입장에서는 그리 생각하는 것이 당연한 일이기도 했다.

이들과 함께 일한 지 육 개월이 훌쩍 지났지만 진가흔은 언제나 같은 역할을 맡았다.

진가흔이 가장 자신있다고 알려진 것은 신법이었고, 그 때문에 진가흔은 실전에 투입될 때마다 싸움에 참여하는 대신 표물을 빼돌리는 역할만을 담당했다.

"그럼 이제 출발해요."

"그러지!"

술에 취해서 세상모르고 잠들어 있는 석대운과 하연춘을 못마땅한 시선으로 슬쩍 바라본 단화영이 숙소를 벗어났다.

히이잉!

히이잉!

미리 준비해 둔 말에 올라탄 후에도 진가흔은 여전히 마음이 무거웠다.

'대체 지금 무슨 일이 벌어지고 있는 걸까?

갑자기 섬뜩한 느낌이 들었다.

어젯밤 꿈속에서처럼 짙은 안개 속에서 정체 모를 추격자들이 사방을 포위한 채 시시각각 다가오는 느낌.

어느 순간 그들 중 하나가 불쑥 내민 검이 심장을 파고들 것만 같았다.

머리를 좌우로 힘껏 흔들어 그 불길한 생각을 떨쳐 버리려 했지만 쉽지 않았다.

"정신 차려요!"

말 등 위에 올라탄 채 멍하니 생각에 잠겨 있던 진가흔은 단화영의 외침을 듣고 다시 상념에서 깨어났다.

비음조(秘陰組).

진가흔이 속해 있는 조직의 이름은 비음조였다.

하지만 편일장 내에 비음조란 이름을 가진 조직은 없었다.

다시 말해, 진가흔이 속해 있는 비음조는 비밀리에 운영되고 있는 곳이었다.

진가흔을 비롯한 일행의 존재를 아는 것은 편일장에서 일하고 있는 자들 대부분이었지만, 대체 저들이 무엇을 하는지 아느냐고 물으면 아무도 대답하지 못했다.

비음조가 하는 일에 대해 제대로 알고 있는 것은 비음조에 속해 있는 다섯과 편일장의 장주인 서유림뿐이었다.

그리고 비음조가 실제로 하는 일은 굳이 설명하자면 도둑질이었다.

그러나 보통 도둑들처럼 어둠을 벗 삼아 남의 집 담을 넘는 것은 아니었다.

개인이나 상단이 표국에 맡긴 표물을 도중에서 가로채는 것이었다.

보통 표국에서 표물을 운반하는 도중 분실하게 될 경우에는 물건을 맡긴 사람에게 배상을 했다.

표국에 따라 배상하는 방법이 조금씩 다르기는 하지만, 대체로 표물 가격의 열 배 정도로 배상했다.

쉽게 말해 표행 도중 분실한 표물의 가격이 은자 천 냥일 경우에는 무려 은자 만 냥으로 배상한다는 뜻이다.

그리고 서유림이 노린 것이 바로 이것이었다.

서유림은 다른 사람을 시켜 여러 곳의 표국에 고가의 표물을 맡기고, 비음조에게 그 표물을 도중에 가로채게 했다.

이 일을 통해 얻는 것은 원금의 열 배.

순식간에 표물 가격의 열 배에 이르는 엄청난 이득을 취할 수 있는 셈이었다.

물론 위험 부담이 없을 리 없었다.

표국에서는 표물을 안전하게 운반하기 위해 실력있는 표두와 표사를 고용하는 법이고, 그들을 압도할 만한 무위가 있어야만 무사히 일을 마칠 수 있었다.

게다가 표행 도중 표물을 빼앗기는 일이 잦아질수록, 표국에서는 경계를 강화하고 비싼 돈을 들이더라도 더 실력이 뛰어난 표두와 표사들을 고용하게 되니 점점 어려운 일이 되는 법이었다.

실제로 이번 표행에 표두로 참여하고 있는 것이 오초절명검 여문경이라는 것만 보더라도, 유원표국에서 이번 표행에 얼마나 신경을 쓰고 있는지 알 수 있었다.

하지만 비음조는 생긴 지 삼 년이 흘렀지만 표물을 탈취하는 것에 실패한 적이 단 한 번도 없다고 했다.

그리고 그 이유로는 몇 가지가 있었다.

우선 하남성에는 중소 규모의 표국이 많았다.

중경표국이나 대천표국 같은 규모가 큰 표국은 재정이 든든하기 때문에 많은 돈을 들여 표사들을 고용할 수 있었다.

그런 만큼 표사들의 실력도 뛰어났다.

하지만 규모가 작은 표국의 경우에는 재정이 튼튼한 편이 아니었다.

당연히 실력있는 표사들을 고용하는 데 어려움을 겪을 수밖에 없었다.

그리고 표사들의 실력이 떨어지면 무공을 제대로 익힌 적이 없는 산적들에게서는 표물을 무사히 지킬 수 있겠지만, 작정하고 표물을 빼앗으려 덤벼드는 비음조의 공격을 막아낼

재간은 없었다.

다음 이유로는 비음조가 움직이는 것이 불규칙적이라는 점이다.

어느 표국에서 표행 중에 표물을 빼앗겼다는 소문이 돌면 다른 표국에서도 긴장하는 것이 당연한 수순이었다.

그 무렵에 움직이는 표행에는 많은 돈이 들더라도 눈물을 머금고 실력있는 무인들을 표사로 고용하게 된다.

하지만 그 즈음에는 비음조가 움직이지 않았다.

실제로 진가흔이 비음조에 몸담은 지 육 개월이 훌쩍 지났지만 일을 나선 것은 고작 두 번에 불과했다.

그리고 인간이란 망각의 동물이었다.

표물을 탈취당한 사건에 관해서는 점차 기억에서 지워 버리게 되고, 실력있는 표사들에게 주는 많은 녹봉이 아깝게 느껴지게 마련이다.

그래서 실력있는 표두와 표사들의 수가 점차 줄어들 때가 바로 비음조가 다시 움직이는 때였다.

마지막으로 가장 결정적인 이유는 비음조에 속한 이들이 강하기 때문이다.

단화영, 석대운, 하연춘, 그리고 지금은 잠시 자리를 비웠지만 연화 노인까지.

개개인의 실력이 표국에서 표두나 표사로 일하고 있는 자들에 비해 훨씬 출중하기 때문에 아직까지는 실패한 적이 없었다.

히히힝!

"워, 워."

준마에 올라탄 뒤 전력으로 달린 지 약 한 시진이 지나고서야 단화영과 진가흔은 입에 거품을 물고 있는 말에서 내렸다.

그 후에도 신법을 펼쳐 약 반 시진을 이동한 후에야 두 사람은 마침내 유원표국의 표행을 따라잡을 수 있었다.

나무 덤불이 짙게 우거진 곳에 몸을 숨긴 채 상황을 살피던 단화영이 가볍게 미간을 찡그렸다.

"뭐야? 정보가 다르잖아!"

진가흔도 슬쩍 고개를 들이밀고 표행을 살펴보았다.

표두 셋에 표사 일곱, 그리고 쟁자수가 열 명.

단화영이 전달받은 정보에는 분명히 그렇게 나와 있었지만 지금 표행의 구성원은 미리 전달받은 정보와 달랐다.

표두 셋에 표사 여섯, 쟁자수 여덟.

처음 들었던 정보보다 표사 하나와 쟁자수 두 명이 적었다.

하지만 특별히 문제가 될 것은 없었다.

표행에 참여하는 표두와 표사들의 수가 더 많다면 곤란해지겠지만, 지금의 상황은 그 반대였으니까.

그래서 진가흔이 입을 뗐다.

"나쁠 건 없지 않나?"

"그건 그렇지만 정보가 다르다니 기분이 나쁘잖아요. 한두 번 하고 그만둘 것도 아닌데 이렇게 정보가 틀리기 시작하면 곤란하다구요. 침소봉대(針小棒大)란 말 몰라요? 모든 일이 틀어지는 것은 아주 작은 것에서부터 시작한다니까요.”

“내 생각은 다르다.”

“무슨 소리에요?”

“원래 우리에게 전해졌던 정보가 틀린 것이 아닌 것 같다. 도중에 이미 산적을 만났을 뿐이지.”

“응? 그걸 아저씨가 어떻게 알아요?”

미덥지 않은 표정으로 단화영이 바라보고 있는 시선이 느껴졌지만 진가흔은 개의치 않고 차분하게 설명을 시작했다.

“좀 더 자세히 보거라.”

“뭘 보라는 거예요?”

“쟁자수 한 명이 주인없는 말을 한 기 끌고 이동하고 있다는 것은 도중에 표사 한 명이 죽었다는 것을 의미하지. 그리고 쟁자수들의 표정도 무척이나 어둡다. 왜 저렇게 표정이 어두울까를 생각해 보거라.”

“글쎄요.”

“아마 동료가 죽었기 때문일 것이다.”

“하지만…….”

“더구나 표두들의 옷에 핏자국이 남아 있다. 이곳으로 오는 도중 싸움이 있었다는 증거로 충분하지.”

진가흔의 설명이 끝나자 단화영이 물끄러미 바라보았다.

그리고 그 부담스러운 시선을 느낀 진가흔이 왜 그러느냐는 듯이 마주 보았다.

"아저씨, 생각보다 관찰력이 대단한데요?"

"이 정도는 누구나 알 수 있는 것이다."

"아니요. 슬쩍 한 번 바라본 것이 다인데 그 짧은 시간 동안 관찰한 것만으로 정황을 모두 파악하는 것은 절대 쉬운 일이 아니에요."

"네게 칭찬을 들었으니 기뻐해야 하나?"

"솔직히 털어놔 봐요."

"무엇을 말이냐?"

"비음조에 들어오기 전에 뭐 하던 사람이었어요?"

호기심이 가득한 두 눈을 초롱초롱 빛내고 있는 단화영의 시선을 마주한 진가흔이 슬쩍 고개를 돌렸다.

"동료의 사문과 내력 따위는 묻지 않는다. 그게 비음조의 불문율이 아니었던가?"

"뭐, 그 말이 틀리지 않기는 하지만 너무 빡빡하게 굴 필요는 없잖아요? 우리가 하루 이틀 본 사이도 아닌데."

"수십 년간 친분을 유지해 온 친구의 등에도 칼을 꽂는 곳이 내가 알고 있는 강호라는 곳이다. 자신이 가진 것을 모두 털어놓는 것은 시퍼런 칼날 앞에 목을 들이미는 것과 다를 바 없지."

"쳇, 비싸게 굴기는."

"네 과거에 대해서 먼저 털어놓는다면 나도 네가 궁금해하고 있는 것에 대해서 말해줄 용의가 있다. 그리하겠느냐?”

“됐어요.”

쉽게 입을 열지 않는 진가흔을 확인하고 짐짓 화난 표정을 지은 단화영이 더는 묻지 않고 화제를 돌렸다.

“오늘 표물은 황금 불상. 가치는 은자 백 냥. 처음에는 은자 열 냥짜리 비단을 표물로 맡기더니 늙은이의 욕심이 자꾸 늘어서 큰일이네. 옛 말에 꼬리가 길면 잡히는 법이라고 그랬는데.”

못마땅한 기분 탓일까.

쓸데없는 불평을 늘어놓는 단화영의 말을 진가흔이 도중에 가로챘다.

“일을 치를 지점은?”

“여기서 이 리쯤 더 가면 호로병처럼 길이 좁아지는 지점이 있어요. 거기를 통과하기 위해서는 진형이 흐트러질 수밖에 없고, 그때 시작해요. 내가 버는 시간은 반 각, 언제나처럼 표두나 표사들의 목숨을 빼앗지는 않아요. 제가 그들의 시선을 빼앗으며 시간을 버는 동안 일을 마무리하고 각자 흩어져서 돌아가요.”

끄덕끄덕.

이미 두 번이나 함께 일한 경험이 있는 두 사람이었기에 더 이상의 설명은 필요하지 않았다.

대답 대신 서로를 마주 보며 고개를 끄덕였다.

그리고 단화영이 허리에 걸린 검의 검병을 움켜쥐는 것을 보며 진가흔도 준비를 하기 시작했다.

진가흔이 맡은 역할은 단화영이 싸움을 시작하며 모두의 이목을 집중시키는 사이, 표물을 빼돌리는 것뿐이니 준비라고 해봐야 특별한 것은 없었다.

얼굴이 드러나지 않도록 검정색 복면을 쓰는 것이 다였다.

그리고 단화영의 말처럼 이 리쯤 움직이자 산세가 점점 험해지며 길이 점점 좁아지더니 소로가 나타났다.

"시작해요!"

자연스레 말에 올라탄 표두와 표사들이 일렬로 이동하기 시작할 때, 단화영이 신법을 펼쳤다.

말을 타고 있는 표사들과의 거리를 순식간에 좁힌 단화영이 노린 것은 오초절명검 여문경이 아니었다.

여문경에 비해 실력이 떨어지는 표사를 향해 단화영이 휘두르는 섬전 같은 쾌검이 떨어져 내렸다.

그리고 무공 실력이 표두들에 비해 한참 떨어지는 일개 표사가 단화영이 갑작스레 휘두른 검을 막아내는 것은 무리였다.

뭔가가 다가온다는 기척을 느끼고 고개를 돌렸을 때는 이미 단화영의 검이 지척까지 와 있었다.

허리에 걸려 있던 검은 반도 뽑아내지 못한 채 머리를 검배로 얻어맞고 말 아래로 굴러떨어졌다.

히이잉.

히힝.

갑자기 닥친 위험에 반응하는 것은 인간보다 말이 먼저였다.

표사들이 타고 있던 말들이 일제히 투레질을 하며 앞발을 들어 올렸다.

그 소동으로 인해 중심을 잃은 표사들이 허둥대고 있었지만 단화영의 검은 조금도 흔들리지 않았다.

이 일련의 상황을 미리 예상하고 있었다는 듯 지체하지 않고 움직였다.

퍽!

퍼억!

단화영이 휘두른 검배에 얻어맞은 표사 세 명이 순식간에 쓰러졌다.

순식간에 정리될 듯한 장내.

하지만 역시 표사와 표두는 달랐다.

분명 예상치 못한 상황이 전개되고 있었지만 여문경을 비롯한 두 명의 표두는 당황하지도 않았고, 중심을 잃지도 않았다.

"어떤 놈이냐?"

쒜애액.

중심을 잃지 않기 위해 말 등을 박차고 반사적으로 허공으로 신형을 띄운 여문경이 다가오고 있는 단화영을 향해 일검을 휘둘렀다.

그리고 단화영은 내력이 실린 그 일검을 피하는 대신 부딪쳤다.

쩌엉.

부딪치는 검신.

그 일검의 공방 뒤에 여문경이 휘두른 검에 실린 힘을 감당하지 못하고 튕겨 나가는 것처럼 보이던 단화영이 순식간에 균형을 잡고 두 갈래의 검을 뻗어냈다.

"이런 영악한 놈!"

검이 다가오는 것을 느끼고 표사들이 신형을 비틀었지만 늦었다.

순식간에 다시 두 명의 표사가 쓰러지고 남은 것은 여문경을 포함한 표두 셋과 표사 하나뿐이었다.

일검을 부딪친 후 단화영의 무공이 생각보다 훨씬 고강하다는 것을 깨닫고 긴장한 빛이 역력한 여문경이 어떤 명령을 내리기도 전에 단화영이 먼저 움직였다.

번뜩이는 검광(劍光).

일 대 사의 대결이었지만 수세에 몰린 것은 단화영이 아니었다.

숨 쉴 틈도 주지 않고 몰아치는 단화영의 연환 공격은 시간이 흐를수록 점점 더 위력을 발휘했다.

그리고 순식간에 장내가 검광에 뒤덮인 순간, 진가흔이 움직이기 시작했다.

빠르면서도 위력적인 단화영의 공격으로 인해 진가흔에게까지 신경 쓰고 있는 무인은 아무도 없었다.

갑작스레 모습을 드러낸 진가흔을 확인한 쟁자수들이 놀라 숨을 들이켰지만 비명을 지르지는 못했다.

그전에 진가흔이 수혈을 짚었으니까.

그다음은 일사천리였다.

수혈을 짚지 않은 쟁자수의 목에 단검을 들이대고 협박하자, 반항할 엄두도 내지 못하고 표물인 황금 불상이 있는 위치를 알려주었다.

생각보다 쉽게 표물을 빼돌린 진가흔이 마지막으로 단화영에게로 시선을 돌렸다.

약속했던 반 각의 시간이 거의 지나가고 있었다.

그리고 그것을 깨달은 듯 네 명의 표두와 표사들에게 둘러싸인 채 검을 휘두르고 있던 단화영이 힐끗 고개를 돌렸다.

부딪치는 시선.

걱정하지 말라고 말하고 싶은 듯 단화영의 얼굴에 희미한 웃음이 스치고 지나가는 것을 보고 진가흔이 신형을 돌렸다.

이제 남은 것은 빼돌린 표물을 들고 무사히 돌아가는 것만 남아 있었다.

한 걸음을 내디딜 때마다 삼 장씩 장내에서 멀어지는 진가흔의 신형.

신법을 펼친 진가흔이 빠르게 산 아래로 움직였다.

第三章
귀수(鬼手)

표물을 탈취하는 데 성공했다고 해서 바로 편일장으로 돌아가는 것은 바보 같은 짓이었다.

미행이 따라붙을지도 모르니까.

물론 실제로 미행이 따라붙을 가능성이 그다지 높지는 않지만, 모든 일에 조심해서 나쁠 것은 없었다.

신법을 펼쳐 산 아래로 내려온 진가흔은 우선 복면을 벗었다.

그리고 관도에 들어서자 더 이상 신법을 펼치지 않았다.

관도를 따라 느릿하게 걸어간 진가흔이 다음으로 향한 곳은 객잔이었다.

어중간한 시간이어서인지 객잔 안은 한산했다.

이른 저녁을 먹기 위해서 객잔을 찾은 몇 명의 인물들이 흩어진 채 묵묵히 주문한 음식을 먹고 있었다.

두런두런 이어지는 객잔 안의 대화 소리를 흘려들으며 진가흔도 다가온 점소이에게 소면을 하나 주문했다.

그리고 꼭꼭 씹어가며 한 그릇을 깨끗이 비운 뒤에야 일어선 진가흔이 다음으로 움직인 곳은 객잔 근처의 시장이었다.

물론 시장에 특별한 볼일이 있는 것은 아니었다.

진가흔의 목적은 움직이는 것이었다.

혹시 모를 미행 여부를 확인하기 위해서.

장신구 가게에 들러 옥으로 만든 팔찌를 샀고, 포목상에 들러 필요도 없는 비단 옷감을 샀으며, 조금 전 소면을 먹었기에 배가 고프지 않았지만 만두를 파는 노점상에 들러 만두를 억지로 뱃속으로 우겨넣었다.

그리고 그제야 시장을 벗어난 진가흔이 인적이 드문 골목길로 들어선 다음 걸음을 멈추었다.

"누구냐?"

고개를 돌리지도 않고 진가흔이 소리쳤다.

미행일까.

아니, 미행은 아니었다.

객잔에 들르고 시장을 돌아다니며 미행하는 자가 없다는 것은 확인했다.

하지만 아까부터 뒷덜미가 근질근질했다.

누군가의 시선이 떨어지지 않는 것처럼.

이건 살기였다.

지켜보는 누군가가 있다는 것을 확신하며 진가흔이 소리를 질렀음에도 불구하고 돌아온 대답은 없었다.

그러나 진가흔은 더욱 긴장했다.

살기가 짙어졌다.

정체를 드러내지 않는 상대는 말로 자신의 존재를 드러내는 대신 한층 짙어진 살기로 자신의 존재를 드러냈다.

조금 전까지 근질근질하던 뒷덜미에 서늘함이 느껴지기 시작했다.

'살수?

그리고 그제야 진가흔은 상대의 정체를 파악했다.

모습을 지우고, 기척을 감추고 다가와 상대가 알아채기도 전에 생명을 앗아가는 것이 살수였다.

그만큼 위험한 존재인 살수.

하지만 진가흔은 상대가 살수라는 것을 눈치챈 후 오히려 긴장을 풀었다.

"나를 죽이러 왔나?"

"……."

여전히 대답은 없었지만 진가흔은 여유를 되찾고 희미한 웃음까지 지었다.

“자혼부 제일살수로 알려진 귀수치고는 기척을 너무 드러
내는군. 이 정도로 기척을 드러내는 것으로 보아 오늘은 살수
로서 온 것이 아니군.”

진가흔이 왼쪽 담장 쪽으로 시선을 던졌다.

그리고 방금 전까지만 해도 아무것도 없던 담장 아래 흑색
장포를 걸친 사내가 모습을 드러냈다.

코앞에서 직접 보고 있지만 믿기 힘들 정도로 대단한 은신
술이었다.

그러나 진가흔은 전혀 놀라지 않았다.

오히려 그가 놀란 것은 완벽에 가까운 은신술 때문이 아니
라 지금 이 자리에 자혼부 제일살수라고 불리는 귀수가 나타
났다는 사실 때문이었다.

“실력이 늘었군.”

“……”

“일부러 살기를 드러내지 않았다면 나도 알아채지 못했을
거야.”

“오 년이나 흘렀으니까.”

“이젠 정말 자혼부 제일살수라 불릴 자격이 있군.”

“네가 떠났으니까.”

묵직한 저음.

마치 유부의 저승사자 목소리처럼 음울한 느낌이 드는 낮
은 목소리로 대꾸하는 귀수를 향해 진가흔은 픽 하고 웃었다.

“여기는 웬일이지?”

흑색 장포뿐만 아니라 검정색 복면까지 쓰고 있어서 귀수의 얼굴은 보이지 않았다.

보이는 것은 복면 사이로 드러난 두 눈뿐.

하지만 귀수의 두 눈에서는 아무것도 읽을 수 없었다.

감정을 절제할 줄 아는 진짜 살수였으니까.

드러난 두 눈을 통해서 아무것도 읽어내지 못한 진가흔은 가만히 답이 돌아오기를 기다렸다.

“살수가 움직이는 이유는 하나뿐이지.”

그리고 흘러나온 짤막한 대답을 듣고서 진가흔은 이번에도 쓴웃음을 지었다.

자신이 던지기는 했지만 대답할 가치조차 없는 우문(愚問)이었다.

진가흔이 누구보다 잘 알고 있었다.

살수가 움직이는 이유는 하나밖에 없다는 것을.

“의뢰로군.”

진가흔의 목소리가 담담하게 흘러나왔다.

그러나 여전히 긴장하는 기색은 아니었다.

진가흔은 이미 알고 있었다.

기척도 살기도 드러내지 않는 것이 살수 중에서도 특급살수.

그가 알고 있는 귀수는 그만한 능력이 있는 살수였다.

하지만 그런 귀수가 살기를 감추지 않은 것으로도 모자라 진면목까지 드러냈다는 것은 살수로서의 임무를 포기했다는 것을 말하고 있었다.

적어도 오늘의 그는 살수로서 온 것이 아니었다.

"정(情)인가?"

여전히 시선을 피하지 않은 채 진가흔이 던진 질문에 아무 감정도 드러나지 않던 귀수의 두 눈이 처음으로 흔들렸다.

자신의 실수를 깨닫고 금세 흔들리던 눈빛의 흔적을 지웠지만 진가흔은 그것을 놓칠 정도로 허술하지 않았다.

"하긴 미운 정도 정이니까."

"착각하고 있군."

"착각?"

"난 널 죽일 거야."

자혼부 제일살수라 불리는 귀수에게 사형선고를 받고서 유쾌할 리가 없다.

그래서 얼굴에서 웃음을 지운 진가흔이 다시 질문을 던졌다.

"누가 의뢰했지?"

"밝힐 수 없어. 의뢰를 한 사람의 신분을 노출시키지 않는 것은 불문율이지."

귀수가 담담한 목소리로 대답했다.

"모르는군!"

하지만 직감으로 알아챘다.

귀수조차도 의뢰를 한 것이 누군지 모른다는 사실을.

'누굴까?'

머릿속이 다시 복잡해지기 시작했다.

자혼부에 자신을 죽여달라고 의뢰할 정도로 원한이 깊은 자가 있는가를 찬찬히 되짚어보았지만 마땅히 떠오르는 자가 없었다.

게다가 지금 눈앞에 있는 귀수는 자혼부 내에서 최고라고 손꼽히는 특급살수였다.

당연히 귀수를 움직이기 위해서는 들어가는 비용이 적지 않았다.

적어도 은자 오백 냥 이상이니 분명 적지 않은 돈이었다.

그런데 그만한 돈을 의뢰 비용으로 지불하면서까지 자신을 죽여달라고 의뢰를 할 자가 누구일까.

머릿속이 헝클어졌다.

그리고 헝클어져 버린 머릿속이 정리되기도 전에 귀수가 다시 입을 뗐다.

"떠나."

그 한마디로 인해 빠르게 회전하고 있던 머리가 그대로 멈추었다.

그리고 등골이 서늘해졌다.

연자경, 황두호, 그리고 귀수까지.

각자 다른 곳에 속해 있는 자들이었다.

또한 공통점을 찾기도 힘든 자들이었다.

유일한 끈이라면 진가흔과의 인연.

질기다면 질길 수 있는 인연을 맺고 있었지만 긴 시간 동안 연락 한 번 없던 자들이 오늘 하루 사이에 무려 세 명씩이나 진가흔을 찾아왔다.

그리고 그들이 꺼낸 말은 약속이라도 한 듯 모두 같았다.

떠나라는…….

"어디로?"

"내가 찾을 수 없는 곳으로."

"무슨 뜻이지?"

"이번 의뢰는 특이하다."

'특이하다?'

귀수가 꺼내는 말이 쉽게 이해가 가지 않았다.

살수에게 사람을 죽여달라는 의뢰에 특이할 것이 뭐가 있을까.

구구절절한 사연을 털어놓을 필요도 없었다.

죽여달라.

그 한마디면 충분한 것을.

하지만 이어지는 귀수의 설명을 듣자 특이하다는 말이 이해가 갔다.

"시간이 정해졌다. 오늘부터 정확히 이틀 뒤에 사람들이

많은 곳에서 너를 죽이라는 것이 이번 의뢰의 특이한 점이
다."

"……?"

"부주는 이번 의뢰를 거절하지 못했다, 다른 사람이 아닌
삭명살수(削名殺手)를 죽여달라는 의뢰임에도 불구하고."

진가흔이 파식 하고 실소를 터뜨렸다.

자혼부 제일의 살수인 귀수에게 이틀 뒤에 죽이겠다는 사
형선고나 다름없는 말을 들었음에도 진가흔은 웃음을 지을
수밖에 없었다.

그리고 그 이유는 삭명살수라는 예전의 별호가 낯설었기
때문이다.

"어쩌다 원한을 샀나?"

"그러게 말이야. 그것도 제대로 샀군."

"웃음이 나오나?"

"그렇다고 울 순 없으니까."

귀수의 눈동자는 더 이상 흔들리지 않았다.

하지만 호기심을 드러냈다.

"자혼부를 떠난 후 대체 어떤 삶을 살았지?"

"평범하게… 예전에 자혼부에 몸을 담은 채 다른 이들의
목숨을 빼앗을 때에 비하면 무척이나 평범하게 살았어."

대답을 꺼내던 진가흔이 지그시 입술을 깨물었다.

이건 사실이었다.

세상 속에 파묻힌 채 평범하게 살았다.

아니, 적어도 평범하게 살기 위해서 노력했다.

그럼에도도 불구하고 누군가 목을 죄어오고 있다.

그것도 무척이나 철저하게 준비한 채로.

"그럼 자혼부에 들어오기 이전에 산 원한인가?"

"아마도."

"누군지 몰라도 꽤나 오래 기다렸군."

진가흔이 자혼부를 떠난 지 벌써 오 년이 흘러 있었다.

그 이전에 산 원한으로 인한 복수라면 귀수의 말처럼 꽤나 오래 기다린 셈이었다.

하긴 장부의 복수는 십 년도 짧지 않다고 했으니 가능성이 없는 것은 아니었다.

"비싸더군."

생각에 잠겨 있던 진가흔은 다시 흘러나온 귀수의 이야기를 듣고서 고개를 들었다.

"뭐가?"

"은자 오천 냥, 의뢰 비용이야."

자신의 목에 걸린 의뢰 비용이 무려 은자 오천 냥이라는 말을 듣는 순간 다시 한 번 등골이 서늘해졌다.

"내 목숨 값, 생각보다 훨씬 비싸군."

"그래. 그러니까 그 목, 간수 잘해."

"노력하지."

“그리고 하나 더.”

“······?”

“부주를 원망하지 마. 자혼부를 이끌며 이미 많은 부를 얻었어. 이제 돈 욕심 따위는 없는 사람이야.”

“알아.”

“이 의뢰를 받아들인 것. 나도 자세한 사정까지는 알지 못하지만 아무래도 피치 못할 사정이 있는 것 같아.”

피치 못할 사정이란 무엇일까.

그에 대한 호기심과 함께 오래간만에 부주의 얼굴이 떠올랐다.

현 강호에 부주의 얼굴을 아는 이는 많지 않았지만 한때 자혼부에 몸담았던 진가흔은 부주의 진면목을 알고 있었다.

그리고 자혼부라는 살수 집단을 이끄는 자답지 않게 부주는 백면서생처럼 말끔한 중년인이었다.

젊은 시절에는 미남이라는 소리를 자주 들었을 것이 틀림없는 훤칠하고 곱상한 외모의 부주가 말하고 있는 것 같았다.

어쩌다 그런 일에 휘말렸냐고.

그리고 지켜주지 못해서 미안하다고.

“폐를 끼쳤군.”

“알면 됐다.”

그 말이 마지막이었다.

귀수는 이제 할 말을 모두 마쳤다는 듯이 신형을 돌렸다.

그리고 진가흔이 귀수를 잡지 못하고 묵묵히 멀어져 가는 등을 바라볼 때, 귀수가 걸음을 멈추었다.

"하나만 더."

"말해!"

"그전에 죽지 마. 어쩔 수 없이 네 목숨을 취해야 한다면 다른 사람의 손에 맡기고 싶지는 않아."

"부탁하지. 그때는 고통을 느낄 새도 없이 죽여줘. 가능해?"

"그래. 지금은 내가 자혼부 제일살수니까."

웃었다.

복면을 쓰고 있어서 보이지 않았지만 진가흔은 느낄 수 있었다.

복면 속에 가려진 귀수의 얼굴에 희미한 웃음이 떠올라 있다는 것을.

그리고 귀수의 두 눈에 감정이 드러났다.

연자경이나 황두호처럼 눈물이 맺히지는 않았지만, 감정을 드러내지 않도록 철저하게 훈련받은 귀수의 두 눈에 어떤 감정이 떠올랐다는 것이 의미하는 것은 하나였다.

동요하고 있다는 것이다.

흔들리는 눈빛.

살수에게는 어울리지 않는 흔들리던 눈빛이 다시 차갑게 가라앉았을 때, 귀수가 처음 모습을 드러냈던 담장 속으로 사라졌다.

[난전(亂戰)!]

　그리고 진가흔은 귀수가 사라진 후에도 한참이나 그 자리
에 서서 귀수가 전음으로 남긴 마지막 말을 되뇌었다.

　'미행은 없다!'
　누군가 뒤에 따라붙은 기척은 없었다.
　이것은 확신할 수 있었다.
　만약 누군가 미행을 위해 따라붙었더라도 그자는 이미 이
세상 사람이 아닐 것이다.
　자혼부 제일살수라 불리는 귀수의 관찰력은 타의 추종을
불허했고, 그의 이목을 벗어나서 미행할 수 있는 인물은 현
강호에서 불과 다섯 손가락 안에 꼽힌다고 단언해도 과언이
아니었다.
　귀수는 진가흔과 단둘이서만 이야기를 나누고 싶어했고,
그 정도 여건을 만들 능력은 충분했다.
　그래서 진가흔은 편일장으로 돌아가기로 했다.
　뒤에 따라붙은 자가 없다는 확신이 선 이상, 아무 의미 없
이 밤거리를 헤매며 시간을 낭비할 필요는 없으니까.
　"진 형, 마침 잘 왔소."
　복잡한 머리를 정리하기 위해 터벅터벅 걸어서 편일장 안
의 숙소로 돌아오자 석대운이 가장 먼저 진가흔을 반겼다.

“뭐야? 아저씨가 왜 지금 나타나?”

그에 반해 단화영은 아직 앳된 기운이 남아 있는 얼굴을 찌푸렸다.

그리고 어김없이 잔소리를 늘어놓기 시작했다.

“내일 와야 되잖아.”

“미행은 없었다.”

“그걸 아저씨가 어떻게 확신해? 적어도 하루 정도는 다른 곳에서 보내면서 누가 따라붙지 않았다는 확신이 든 후 돌아와야 하는 게 규칙이라는 거 몰라?”

걱정하지 마라.

내가 방금 만나고 온 사람이 자혼부 제일살수라 불리는 귀수였으니까.

그리고 귀수의 이목을 벗어나서 미행을 할 능력이 있는 자는 단언컨대 없다.

“믿어도 된다.”

원래 하고자 했던 대답은 모두 가슴속 깊은 곳에 묻어버린 채 진가흔은 짤막한 대답만을 남겼다.

물론 조심성이 많고 깐깐한 단화영이 그 대답에 만족할 리 없었다.

“규칙이 왜 있겠어? 지키라고 있는 거잖⋯⋯.”

“꼬맹아, 넌 왜 이렇게 걱정이 많은 거냐?”

단화영이 다시 잔소리를 시작하려는 찰나, 다행히 석대운이 먼저 나서주었다.

"걱정이 많은 게 아니라 조심성이 있는 거라고."

"너, 키가 왜 안 크는지 알아?"

"왜인데?"

"쓸데없는 걱정이 머릿속에 가득 들어차서 머리가 너무 무거워져서 키가 그렇게 안 크는 거야."

"걱정이 많은 거하고 키가 안 크는 거하고 대체 무슨 상관이 있어?"

"몰라."

"몰라?"

"그냥 나를 보면 알 수 있잖아. 어릴 때부터 걱정 같은 것과는 담을 쌓고 지냈더니 이렇게 키가 컸잖아."

까치발을 들어도 칠 척 장신인 석대운의 가슴 어림밖에 닿지 않는 단화영이 분한 듯 씩씩 콧김을 내뿜었다.

그런 단화영이 귀엽다는 듯 두툼한 손으로 머리를 쓰다듬던 석대운이 단화영을 번쩍 들어 올렸다.

"어떠냐? 높은 곳의 공기는 다르지 않아?"

"뭐 하는 짓이야?"

"다른 것은 몰라도 이것 하나만 기억해라."

"뭘?"

"네 나이 때는 의심하고 걱정하는 것 따위는 어울리지 않아. 지금 네가 배워야 할 것은 사람을 믿는 거야."

“……..”

“알아들었어? 함께 일하는 동료조차 믿지 못한다면 너무 삭막하잖아?”

“쳇, 알았어.”

숨이 막혀서일까.

얼굴이 붉게 달아오른 단화영이 대꾸했다.

“이제 좀 내려주지?”

“그래. 그전에…….”

석대운의 두툼한 손이 번개같이 움직여 단화영의 허리 어림을 건드렸다.

순식간에 마혈을 제압당한 단화영이 어리둥절한 표정을 지었다.

“뭐 하는 거야?”

“금방 풀어줄게.”

“왜 이래? 설마……?”

“왜 이러는지 알면서 앙탈은.”

“이런 게 어딨어? 방금 함께 일하는 동료를 믿으라고 해놓고서 대운 아저씨가 어떻게 이럴 수가 있어?”

석대운의 두툼한 손이 단화영의 품속을 헤집었다.

그리고 한참만에야 단화영의 품에서 빠져나온 석대운의 손에는 은자 열 냥짜리 전표가 다섯 장이나 들려 있었다.

“그거 쓰면 안 돼!”

"왜? 혹시 우리가 황금 불상 잡히고 술 마실까 봐 장주가 미리 준 돈이잖아. 자, 모두 기루로 출발하자."

"기루? 거긴 안 돼."

"왜? 기녀를 안을 생각을 하니 벌써 아랫도리가 불끈거리기 시작하냐? 하 형, 그리고 진 형, 오늘 이 녀석 머리나 올려 줍시다."

"그거 나쁘지 않은 생각이로군. 어찌 그리 기특한 생각을 했을꼬."

하연춘이 금세 맞장구를 쳤다.

그리고 장난기가 가득 담긴 두 눈으로 단화영을 바라보던 하연춘이 심각한 표정으로 입을 열었다.

"단 소제, 하나만 기억하게!"

조금 전 석대운이 하던 말투를 그대로 따라 하는 하연춘을 향해 단화영이 못마땅한 표정을 지었다.

"또 뭘요?"

"음양의 조화란 너무나 당연한 자연의 이치라네. 그러니 단 소제는 지금처럼 얼굴을 붉게 물들이고 부끄러워할 필요가 없는 것이네. 그러니까……."

"그래서 뭐요?"

명색이 도사라서일까.

해질 대로 해진 도복을 입고 낡은 도관을 삐뚤게 눌러쓴 하연춘의 말이 길어지기 시작하자 단화영이 답답한 표정을 지은 채 소리를 질렀다.

"그러니까, 내가 단 소제에게 해주고 싶은 충고는 이거라네. 음양의 조화는 균형을 맞추는 것이 그 무엇보다 중요하다는 것이지. 다시 말해서… 아, 이거 너무 어렵구만. 그냥 쉽게 말해서 너무 빨리 끝나 버리면 기녀 누나가 실망할지도 모른다는 것이지."

"……?"

"그건 정말 사내라면 절대 해서는 안 되는 이기적인 행동이라는 것을 명심하게."

"대체 뭔 소릴 하는 거야?"

"가보면 알아!"

마지막 대답은 하연춘 대신 석대운이 꺼냈다.

그와 동시에 마혈을 제압당한 단화영을 덥석 들어 어깨에 들쳐 멨다.

"진 형, 어서 갑시다!"

고개를 돌리고 재촉하는 석대운을 보던 진가흔이 쓴웃음을 지었다.

그리고 잠시 망설일 틈도 주지 않고 다가와 팔을 이끌었다.

"보자, 어디로 갈까? 가월루로 갑시다."

"……."

"수련이라는 기녀, 무척 예쁘던데요. 아무리 마음에 들어도 진 형 품속에 있는 황금 불상을 사랑의 증표로 주면 안 됩니다? 그랬다가는 이 녀석이 입에 거품을 물고 죽이려 들지도 모르니까.”

석대운이 하얀 이를 드러내며 씨익 웃었다.

가월루에 간 사실도, 가월루에 갈 때마다 수련을 찾는다는 것도 한 번도 말한 적이 없는데 대체 어떻게 알았을까.

단화영을 안고서 앞장서서 걸어가고 있는 석대운의 등을 물끄러미 바라보다 조금 전 그가 단화영에게 꺼낸 말을 떠올렸다.

“지금 네가 할 일은 사람을 믿는 거야. 함께 일하는 사람조차 믿지 못하면 너무 삭막하잖아?”

예전이었다면,

아니, 불과 어제까지만 해도 지금 석대운이 했던 말을 아무런 의심 없이 받아들였을 것이다.

하지만 어제로부터 겨우 하루가 지난 것에 불과했지만 오늘은 그것이 어려웠다.

우연히 본 것일까,

아니면 몰래 뒷조사를 한 것일까.

그리고 만약 뒷조사를 했다면 그 이유는 무엇일까.

가뜩이나 복잡했던 머릿속이 더욱 헝클어졌다.

그러나 여전히 답을 내릴 수는 없었다.

지금 떠올린 이 호기심을 풀 수 있는 방법은 하나뿐이라는
생각이 들었다.

석대운의 입으로 직접 듣기 위해서 진가흔은 그들의 뒤를
따랐다.

은자 넉 냥.
사 인 가족이 한 달을 살아가는 데 드는 비용이다.
은자 한 냥이면 쌀 한 섬을 살 수 있으니 은자 넉 냥 정도면
한 가족이 새 옷도 사서 입고 고깃국도 먹으면서 비교적 풍족
하게 살 수 있는 돈이었다.
그런 것을 따져 본다면 가월루의 주대는 비쌌다.
가월루에 들어가 술을 양껏 마시고 기녀를 품에 안고 하룻
밤을 보내는 데 드는 비용은 은자 열 냥 정도였다.
하지만 그것도 겉으로 드러난 가격일 뿐이었다.
탄금을 하고 술시중을 드는 기녀에게 용돈 하라고 쥐어주
는 것까지 생각하면 적어도 열다섯 냥은 든다고 생각해야 했
다.
그리고 은자 열다섯 냥은 분명히 하룻밤을 즐기는 데 드는
비용으로는 엄청난 셈이었다.
하지만 가월루는 늘 손님들로 북적였다.
총 사층으로 이루어진 전각에는 늘 손님들이 가득 차 있어

서 미리 예약을 하지 않으면 한참을 기다려야 할 정도였다.

그리고 비싼 가격에도 불구하고 손님이 끊이지 않는 것은 가월루에 있는 기녀들이 다른 기루에 비해 출중하기 때문이었다.

눈이 휘둥그레질 정도로 아름다운 외모는 기본이다.

다른 기녀들처럼 천박하게 짙은 화장을 하지 않아서 어딘가 모르게 양갓집 규수 같은 기품도 느껴진다.

더구나 학문도 일정 수준까지 익혀 대화까지 통한다는 입소문을 타고서 연일 문전성시(門前成市)를 이루고 있었다.

그리고 그것은 오늘도 예외가 아니었다.

"난 됐다니까요!"

마혈을 제압당한 채 석대운에게 안겨서 가월루로 들어선 단화영이 애처롭게 소리를 질렀지만 석대운은 눈도 꿈쩍하지 않았다.

"좋으면서!"

"좋기는 누가 좋대요? 이러지 말고 난 빼달라니까요."

그리고 단화영의 부탁을 들어주는 대신 하연춘과 상의를 시작했다.

"하 형, 누가 좋겠소?"

"석 제는 내게 뭘 묻는 건가?"

"우리 꼬맹이의 머리를 올려줄 기녀 말이오."

"아하, 석 제는 아주 중요한 것에 대해 논하고 있었군. 보

자, 음과 양의 교합이라는 것에 가장 중요한 것은 조화. 단 소
제가 아직 이런 음양교합에 있어서 경험이 전무하다는 것을
가만하면… 화란이가 어떨까?”

“화란이라면… 가슴 큰 아이?”

“석 제도 기억하는군. 가슴만 큰 게 아니라 그 정도면 미모
도 절색이지. 우리 단 소제도 좋아할 것이라 나는 믿네.”

“그래, 화란이라면 괜찮을 것 같소.”

단화영의 의사 따위는 무시하고 웃으며 하연춘과 상의하
던 석대운이 음흉한 웃음을 지은 채 단화영에게 물었다.

“너도 가슴이 큰 여자가 좋지?”

“진짜 왜 이래요?”

“녀석, 좋아서 얼굴 붉히는 것 좀 보게.”

“이… 이… 소리 지를 거예요?”

“마혈을 제압당한 것으로는 부족하냐? 아혈도 짚어줄까?”

단화영은 끝내 소리를 지르지 못했다.

진짜로 아혈을 짚을지도 모른다는 생각에 눈만 굴리고 있
는 단화영을 안은 석대운을 선두로 일행이 미리 예약해 둔 방
으로 들어섰다.

얼마 지나지 않아 가월루의 총관인 서금향이 방 안으로 들
어섰다.

“오래간만에 찾으셨습니다.”

“왜 이래, 선수끼리?”

“호호호.”

“사흘에 한 번 꼴로 찾아오는 걸로는 부족한가? 대체 얼마나 자주 와야 그 식상한 인사말을 바꿀 거야?”

“아직 사흘밖에 지나지 않았습니까? 석 대협을 다시 뵙고 싶어 학수고대하다 보니 하루가 몇 년처럼 길게 느껴졌습니다.”

“하여간 말은 잘해.”

“이제 나이가 들어 젊은 아이들과 미모로는 대결이 되지 않으니 말솜씨만 번지르르하게 늘더군요. 무례를 범했다면 용서하세요.”

서른 중반으로 보이는 서금향이 하얀 이를 드러내며 웃었다.

“무례는 무슨. 그보다 잠깐 이리 와봐.”

석대운은 이미 안면이 있는 서금향의 귀에 대고 뭔가를 속삭이기 시작했다.

그리고 그 귓속말을 듣던 서금향이 도중에 고개를 들어 홍시처럼 얼굴이 붉게 달아올라 있는 단화영을 살피고는 의미심장한 웃음을 머금었다.

“미남이네요.”

“아직 꼬맹이라니까.”

“화란이 대신 제가 옆에 앉으면 안 될까요?”

“웬 주책이야? 총관은 하던 일이나 충실히 해.”

“너무하시다.”

얼굴이 더욱 달아오른 단화영을 향해 서금향이 한쪽 눈을 찡긋했다.

그것을 확인한 단화영이 자포자기해 고개를 푹 수그렸다.

"잊지 말라고. 오늘의 주인공은 이 녀석이야."
석대운은 체구에 어울리게 목소리도 컸다.
술자리가 시작된 지 어느덧 반 시진.
기분이 좋은 듯 몇 잔의 술을 연거푸 들이켜고서 얼굴이 벌겋게 달아오른 석대운이 단화영의 머리카락을 헝클이며 소리를 질렀다.
그리고 슬그머니 단화영의 앞으로 얼굴을 들이밀었다.
"왜 이래요? 징그럽게."
갑자기 다가와 콧김을 내뿜고 있는 석대운에게서 멀어지기 위해 고개를 뒤로 젖히던 단화영이 다시 얼굴을 붉혔다.
하필이면 단화영의 머리가 닿은 곳이 화란이란 기녀의 풍만한 가슴이었다.
"죄송해요. 저도 모르게."
물컹한 느낌이 머리에 닿자 단화영은 화들짝 놀랐다. 깜짝 놀란 단화영이 화란이란 기녀에게 사과를 하는 것을 보던 석대운이 주먹을 쥐고 꿀밤을 먹였다.
"화란이가 마음에 드는가 보지?"

“그런 게 아니란 것 알잖아요?”

“아냐?”

“당연하죠.”

서둘러 대꾸하는 단화영을 바라보던 석대운의 입가로 짓궂은 웃음이 떠올랐다.

그리고 그와 시선이 마주친 화란이 기다렸다는 듯이 서운한 표정을 지었다.

“소협께서는 제가 마음에 드시지 않는가 보군요. 그러셨다면 진즉에 말씀해 주시지 그러셨습니까?”

“그게 아니라…….”

“아닙니다. 얼굴도 못난 제가 눈치까지 없었으니 소협께서는 너그러운 마음으로 용서해 주시기 바랍니다.”

화란이 슬픈 표정을 지었다.

그리고 금세 울 듯한 기색으로 자리에서 일어나려 하자, 단화영이 서둘러 화란을 다시 눌러앉혔다.

“오해예요.”

“아닙니다. 제게는 이미 익숙한 일이니 소협께서는 그리 미안해하시지 않아도 됩니다. 저보다 고운 아이로 들이겠습니다.”

화란의 눈가가 붉게 변했다.

그리고 그것을 확인한 단화영이 안절부절못하고 서둘러 말했다.

"정말 그런 게 아니라니까요."

"진심이십니까?"

"그래요. 예쁘기만 한데요."

단화영이 꺼낸 이야기를 듣고서야 화란의 얼굴에 안도하는 표정이 떠올랐다.

"그런데 왜 제가 드리는 술은 한잔도 드시지 않는 겁니까?"

"그게……."

"역시 제가 마음에 드시지 않는 거로군요."

단화영이 난처한 표정을 지었다.

나이가 열여덟이 되도록 단 한 번도 술을 마셔보지 않은 그였다.

물론 체질적으로 술이 몸에 받지 않는다는 따위의 이유는 아니었다.

단화영이 술을 입에 대지 않았던 이유는 고집 때문이었다.

몸에 좋지도 않고 쓰기만 한 술을 굳이 마실 필요가 없다는 생각이 머리 깊숙이 박혀 있었기 때문에, 술꾼이라 할 수 있는 석대운이나 하연춘과 함께 생활하면서도 유혹에 넘어가지 않았던 것이다.

그러나 오늘 단화영은 그 결심을 깨뜨렸다.

가득 채워진 술잔을 앞에 두고 잠시 망설이던 그가 눈을 질끈 감고서 술잔을 입으로 가져갔다.

그리고 쓴 약이라도 먹듯이 단숨에 털어 넣은 뒤 오만상을
쓰고 있던 단화영이 눈을 뜨자, 화란이 다시 술병을 들고서
잔을 채우기 위해서 기다리고 있는 것이 보였다.
"방금 마셨는데요?"
"알고 있습니다."
"그런데요?"
"소협께서는 혹시 이백 어르신을 아십니까? 시선이라 불리
는 이백 어르신께서는 월하독작(月下獨酌)이란 시를 남기셨습
니다."

하늘이 만일 술을 즐기지 않으면 어찌 하늘에 주성이 있으
며,
　땅이 또한 술을 즐기지 않으면 어찌 주천이 있으리요.
　천지가 하냥 즐기었거늘 애주를 어찌 부끄러워하리.
　청주는 이미 성인에 비하고 탁주는 또한 현인에 비하였으
니,
　성현도 이미 마시었던 것을 헛되이 신선을 구하오리.
　석 잔에 대도에 통하고 한 말에 자연에 합하거니,
　모두 취하여 얻는 즐거움을 깨인 이에게 이르지 말거라.

"저는 소협께서 오늘 대도(大道)를 얻으셨으면 합니다."
화란이 방긋 웃으며 술잔을 들라고 채근했다.

"그러니까 석 잔을 마시라는 거예요?"

단화영이 울상을 지은 채 망설이고 있자 도관을 삐딱하게 눌러쓰고 기녀와 희희덕거리고 있던 하연춘이 엄숙한 표정을 지은 채 훈계했다.

"단 소제, 불경일사 부장일지(不經一事 不長一智)라는 말이 있네. 한 가지 일을 겪지 않으면 한 가지 지혜가 자라지 않는 법이라는 뜻이네. 진짜 사내라면 무릇 경험이 중요한 법. 다시 말해 술을 마셔본 경험이 없다면 진정한 사내라고 불릴 자격이 없다는 뜻이지. 안 그런가, 석 제?"

"당연한 말씀이지요. 어디 옛 성현의 말씀 중에 틀린 말이 있겠습니까?"

하연춘의 말에 석대운이 추임새를 넣었다.

"뭔 소리예요?"

"고추가 달려 있다고 해서 다 사내는 아니란 말이지."

"그 말이 맞는다면 연춘 아저씨는 사내 중에서도 진짜 사내겠네요."

"암, 그렇고말고."

명색이 도사인 하연춘에게는 어울리지 않는 이야기.

하지만 그는 전혀 거리낌이 없었다. 단화영이 비꼬듯이 던진 말이었지만 하연춘은 말속에 담긴 가시를 전혀 눈치채지 못한 듯 고개를 주억거렸다.

그래서 단화영이 한숨을 내쉴 때 이번에는 석대운이 술잔을 들고서 너털웃음을 터뜨리며 흥을 돋웠다.

"보아하니 지금 네 단계는 불주(不酒)로다."

"불주(不酒)는 또 뭐예요?"

"술을 아주 못 마시지는 않으나 안 마시는 이를 가리키는 말이지. 불주 다음 단계는 술을 마시기는 마시나 겁내는 자를 이르는 외주(畏酒), 마실 줄도 알고 겁내지도 않으나 취하는 것을 민망하게 생각하는 자를 이르는 민주(憫酒), 마실 줄도 알고 겁내지도 않고 취할 줄도 알지만 돈이 아쉬워 혼자 숨어 마시는 자를 이르는 은주(隱酒) 등이 있지. 그리고 내 목표는 오늘 네가 그중 다섯 단계를 뛰어넘어 색주(色酒)의 경지에 이르게 하는 것이다. 쉬운 일은 아니나 불가능한 것도 아니지."

평소에는 무식이 철철 흘러넘치는 석대운이었다.

하지만 술에 관해서는 박식하기 그지없는 석대운의 모습에 혀를 내두르던 단화영은 그가 말한 색주가 무엇인가에 대해 호기심이 치밀었다.

"대운 아저씨가 말한 색주는 뭔데요?"

"색주(色酒)란 아름다운 아가씨와 즐거운 밤을 보내기 위해서 술을 마시는 자를 이르는 단계다."

지금 석대운이 말한 것의 의미를 모를 리 없는 단화영이었다.

그래서 얼굴을 붉힌 채 힐끔 화란을 살핀 단화영은 문득 궁금해졌다.

"그럼 대운 아저씨는 지금 어느 단계인가요?"

"나? 나야 술의 진경을 체득한 자를 이르는 탐주와 주도삼매에 든 자를 이르는 장주의 중간 단계에 이르러 있지."

"그 단계가 뭔데요?"

"이 단계를 폭주(暴酒)라고 한다. 주도를 수련하는 자를 이르는 단계로 나와 하 형이 하루도 술을 마시지 않을 수 없는 이유가 여기에 있지."

"어련하시겠어요."

"아직 멀었다. 나와 하 형의 최종 목표는 폐주(廢酒)에 이르는 것이다."

"폐주는 또 뭔데요?"

"술로 인해 다른 세상으로 떠나는 자를 말한다. 가히 주성(酒聖)이라 불릴 자격이 충분하지."

어이가 없다는 표정으로 바라보던 단화영이었지만 그래도 석대운과 하연춘의 일장연설이 효과가 있었는지 몇 잔의 술을 들이켰다.

처음 얼굴이 붉어지다가 어느새 백짓장처럼 안색이 변한 채로 해롱거리던 단화영이 결국 술상 위로 머리를 처박았다.

그리고 단화영을 유심히 살피던 석대운이 웃음을 터뜨렸다.

"우리 잔소리꾼이 색주의 단계에 빨리 다다르고 싶었나 봅니다. 화란아, 뭐 하느냐? 그 녀석이 편히 잘 수 있도록 무릎이라도 내어주지 않고. 혹시라도 그 녀석이 도중에 깨어나서 다시 잔소리를 시작한다면 모두 네 책임이니 그리 알거라. 자, 그럼 우리는 잔소리꾼도 사라졌으니 실컷 마셔봅시다.”

호탕한 석대운의 목소리에는 흥을 돋는 묘한 힘이 실려 있었다.

석대운이 자신이 이른 주성의 경지를 직접 보여주겠다면서 코로 술을 마시다가 사래가 걸려 캑캑거리고, 하연춘이 지지 않고 근육을 자랑하겠다며 윗옷을 벗어 들고 불룩 나온 배를 익살스럽게 쓰다듬으며 술자리의 분위기는 절정에 이르렀다.

한바탕 왁자지껄한 웃음과 함께 다시 일 순배의 술이 돌았을 때, 석대운이 비어 있는 술잔을 들고 진가흔의 곁으로 다가왔다.

“진 형도 이 아우가 드리는 술을 한잔 받으시오.”

솥뚜껑만 한 커다란 손에 들려 있기에 평소보다 더욱 작게 느껴지는 술잔을 받아 들고 앞으로 내밀었다.

진가흔으로서는 거절할 명분도, 이유도 없었다.

졸졸졸.

자그마한 술잔에는 금세 술이 채워졌고, 진가흔이 망설이지 않고 한입에 털어 넣었다.

그리고 다시 내민 술잔을 받아 든 석대운이 앞으로 내밀며 말했다.

“조금 전 술에 독을 탔다오.”

그 말을 듣고서 진가흔의 표정이 굳어졌다.

콸콸.

자그마한 술잔은 금세 가득 찼고 넘쳐흐른 술이 아래로 떨어져 내리고 있었지만 진가흔은 기울이고 있던 술병을 들어올릴 생각도 하지 못했다.

좀처럼 의미를 알 수 없는 미소를 짓고 있는 석대운의 얼굴을 물끄러미 바라보던 진가흔은 한참만에야 대답했다.

"나는 석 형을 믿소."

그리고 그 대답을 들은 석대운의 얼굴에 떠올라 있던 웃음이 짙어졌다.

第四章
의혹(疑惑)

暗帝血路 암제혈로

“내력을 운기해 보지도 않는 거요?”

석대운이 실실 웃으며 말했지만 진가흔은 고개를 흔들었다.

“아까도 말했지만 나는 석 형을 믿소.”

“내 무엇이 진 형에게 그리 믿음을 주었는지 물어도 되겠소?”

“석 형이 조금 전에 말했지 않소. 함께 일하는 사람조차 믿지 못하게 된다면 너무 삭막해진다고.”

술잔을 들어 올리며 진가흔이 꺼낸 대답을 듣고서 석대운이 눈을 빛냈다.

“우리가 동료라고 생각하오?”

“……?”

“동료라고 부르기에 우리는 서로에 대해 너무 모른다고 생각하지 않소?”

진가흔이 눈을 감았다.

마주하고 있는 석대운의 눈빛이 마치 잘 손질된 검신처럼 날카로워서 폐부를 쿡쿡 찌르는 것처럼 아프게 느껴졌기에.

“무엇이 알고 싶은 거요?”

“진 형, 아니 진가흔이라는 사내에 대해 알고 싶소.”

“이유는?”

“그래야 진짜 동료가 될 수 있을 테니까.”

진가흔이 다시 눈을 떴다.

그리고 여전히 자신을 향하고 있는 석대운의 시선을 피하지 않은 채 입을 열었다.

“나의 과거만 밝힌다는 것은 너무 불공평하다고 생각하지 않소?”

“그래도 어쩔 수 없소.”

“어쩔 수 없다?”

“세상이란 원래 공평하지 않다는 것쯤은 진 형도 알 것 아니오?”

진가흔이 입술을 질끈 깨물었다.

조금 전 석대운의 말은 틀리지 않았다.

　세상이 공평하지 않다는 것쯤은 진가흔도 누구 못지않게 잘 알고 있었다.

　태어날 당시의 출발점부터가 다른데 어찌 공평할 수 있을까.

　세상이란, 그리고 인생이란 지독히 불공평한 것이었다.

　하지만 그와는 별개로 지금 여기서 떠밀리듯이 자신의 과거를 털어놓는 것은 영 내키지 않았다.

　"난 말하지 않겠소."

　"이유가 뭐요?"

　"내가 아는 동료의 의미와 다르기 때문이오."

　뭔가 할 말이 있는 듯 입술을 실룩이던 석대운이 결국 입을 다물었다.

　그리고 이어질 말을 기다리고 있는 그를 향해 진가흔이 입을 열었다.

　"서로에 대해 모든 것을 털어놓아야만 동료가 된다고 생각하지 않소. 내가 생각하는 동료는 밝히고 싶어하지 않는 과거쯤은 묻어둘 줄 아는 것이오."

　"그런가?"

　"그런 의미에서 석 형과 하 형은 여전히 내게 동료요."

　"그렇구려. 나와 하 형은 진 형에게 동료였구려."

　석대운이 고개를 끄덕이며 술을 들이켰다.

　그리고 그런 그의 눈빛이 바뀌었다.

　마치 모든 것을 꿰뚫어 볼 것처럼 날카롭던 시선을 지우고, 평소처럼 장난기 어린 눈빛으로 돌아와 있었다.

　"진 형, 언짢게 생각지 마시오."

　"괜찮소."

　"덕분에 알게 되었소. 나와 진 형이 진짜 동료라는 사실을. 하핫!"

　호탕한 웃음을 터뜨리고 있는 석대운이 내밀고 있는 술잔에 잔을 채워주며 진가흔이 아까부터 궁금해하던 것을 물었다.

　"하나만 물어도 되겠소?"

　"뭐든 물으시오."

　"왜 하필이면 그 질문을 지금 던진 것이오?"

　진가흔이 비음조에 들어온 지는 벌써 육 개월이 훌쩍 지나 있었다.

　그동안 단 한 번도 자신의 과거에 대해서 궁금해하지 않던 석대운이나 하연춘이 왜 하필 오늘 그에 대한 질문을 던졌는지가 이해가 가지 않았다.

　단순히 우연일까 하는 생각도 머릿속을 스치고 지나갔지만 그러기에는 시기가 너무도 공교로웠다.

　"특별한 이유는 없소."

　"정말이오?"

　"굳이 이유를 들자면 오늘이 마지막 기회일 것 같아서 그랬소. 오늘이 아니면 다시는 이런 질문을 던질 기회가 없을 것 같았거든."

석대운은 여전히 얼굴에서 웃음을 지우지 않은 채 대답했다.

하지만 진가흔은 그 대답을 듣는 순간, 조금 전까지 치밀어 오르던 취기가 흔적도 없이 사라졌다.

'마지막 기회?

진가흔은 마지막 기회라고 했던 석대운의 말을 가벼이 들을 수 없었다.

마지막이라는 것은 내일이 없는 사람들이나 쓰는 단어이다.

그래서 이해가 가지 않았다.

진가흔은 비음조를 떠날 생각이 없었다.

그리고 그것은 아마 석대운도 마찬가지일 것이다.

그런데 왜 오늘이 마지막이라고 말했을까?

불현듯 연자경과 황두호, 그리고 귀수의 얼굴이 차례로 떠올랐다.

그런 그들의 얼굴이 떠오르자 이대로 넘어갈 수는 없다는 생각이 들었다.

그래서 이번에는 진가흔이 술병을 들어 올렸다.

"말해주시오."

비어 있는 술잔에 술을 따르며 진가흔이 석대운의 두 눈을 바라보며 입을 뗐다.

"뭘 말이오?"

"전부."

"……?"

"지금 내 주변에서 어떤 일이 벌어지고 있소. 그에 대해서 석 형이 알고 있는 모든 것을 말해주시오."

"무슨 소린지 모르겠구려."

"모른 척하지 마시오. 조금 전 대화를 나누어보고 확신했소, 석 형은 뭔가 알고 있다는 사실을."

눈싸움이라도 벌이듯 뚫어져라 서로를 바라보던 두 사람 중 먼저 시선을 피한 것은 석대운이었다.

애꿎은 술잔을 만지작거리던 석대운은 하연춘의 눈치를 슬쩍 살핀 후 망설이다가 입을 뗐다.

"어디서부터 시작해야 할지 모르겠구려."

"기다리겠소. 천천히 생각해 보고 말해주시오."

"보자… 여기서부터 시작한다면 적당하겠구려. 진 형은 비음조에 대해서 대체 얼마나 알고 있소?"

뜬금없는 질문이었지만 이 질문을 던진 것에 이유가 없지는 않을 터.

진가흔이 잠시 기억을 더듬은 후 대답을 꺼냈다.

"생긴 지는 삼 년, 그동안 총 사십여 회의 작전을 실행했고……."

“틀렸소.”

하지만 석대운은 진가흔의 대답이 시작하자마자 끼어들었다.

“그 이야기는 누구에게 들었소?”

“연화 노인.”

“뭔가 오해가 있었나 보구려. 진 형은 잘못 알고 있소.”

“그럼?”

“비음조가 생긴 것은 삼 년 전이 아니라 이 년 전이오.”

‘이 년?’

석대운의 이야기를 듣는 순간 뒤통수를 둔기로 얻어맞은 듯한 느낌이 들었다.

지금까지 진실이라고 믿고 있었던 것은 사실이 아니었다.

“그리고 비음조는 그리 많이 작전에 투입되지 않았소. 실제로 작전을 벌인 것은 채 열 번도 되지 않소.”

“그럼 연화 노인이 나를 속였다는 뜻이오?”

“맞소.”

“이유는?”

“그건 나도 모르오. 다만······.”

“다만 뭐요?”

“짐작은 할 수 있소. 연화 노인은 진 형을 살리고 싶어하는 듯하오.”

“나를 살리고 싶어한다?”

목이 탔다.

손에 들고 있던 술병째로 들이켜고 싶을 만큼.

그리고 그것은 석대운도 마찬가지인 듯했다.

말을 마치자마자 연거푸 술을 들이켜는 것으로 봐서.

하지만 아직 진가흔의 궁금증은 완전히 풀린 것이 아니었다.

이 정도로는 부족했다.

좀 더 많은 정보가 필요했다.

그래서 석대운에게서 고개를 돌려 하연춘을 바라보았지만 그는 난감하다는 표정으로 진가흔의 시선을 피했다.

대신 석대운이 덧붙였다.

"하 형이나 나나 지금 알고 있는 것은 그 정도뿐이오."

"그럼 대체 누구에게 물어야 하오?"

"우리에게 이 이야기를 해준 사람이오."

"그게 누구요?"

"연화 노인!"

"연화 노인?"

진가흔이 두 눈을 부릅뜨고 석대운을 노려보았지만 그는 웃으며 고개를 흔들고 있었다.

더 이상은 묻지 말라는 듯이.

"하 형, 오늘은 마시고 죽읍시다. 이렇게 마음껏 술을 마실 수 있는 것도 오늘이 마지막이오. 내일이면 연화 노인이 돌아온다고 하니."

"방금 뭐라고 했소?"

"너무 슬픈 소식이라서 진 형도 잘못 들은 척하고 싶은가 보구려. 그래도 별수없소. 현실이란 놈은 냉정해서 인정하지 않으려 해도 어느새 성큼 곁에 다가와 있는 것이니까. 저기 잠들어 있는 작은 잔소리꾼과는 비교도 되지 않는 큰 잔소리꾼이 내일 돌아온다고 하오. 장주가 한 말이니 틀리지 않을 것이오."

"이런 빌어먹을. 왜 예정보다 달포나 앞당겨서 돌아오는 거야? 그 말이 사실이면 오늘 세상의 술이란 술은 모조리 마셔 버리겠다."

석대운과 하연춘은 술잔을 어딘가로 던져 버린 뒤에 아예 술병째 들어서 급히 술을 들이켜기 시작했다.

그리고 흥에 겨워 보이는 그들의 모습을 바라보며 진가흔이 천천히 술잔을 들어 올려 입으로 가져갔다.

쓰디쓴 술을 삼키며 진가흔이 얼굴을 찡그렸다.

조금 전 하연춘의 말대로 연화 노인은 원래 달포가 지나고 난 뒤에야 다시 돌아올 예정이었다.

그런데 왜 일정을 달포나 앞당겼을까.

이것 역시 이유가 있지 않을까.

이상하다는 생각이 들기 시작하자 모든 것에 의심이 깃들었다.

“제가 한잔 드리겠습니다.”

연화 노인의 얼굴을 떠올리고 있던 진가흔은 곁에 앉은 수련이 술병을 들고 기다리는 것을 확인하고 다시 술잔을 들었다.

잔이 채워지자 기다리지 않고 술을 들이켰다.

알싸한 주향.

비어버린 술잔을 상 위로 내려놓을 때, 수련이 슬그머니 팔짱을 꼈다.

“주무시고 가실 거죠?”

그리고 귓가에 속삭이는 수련을 향해 고개를 돌리던 진가흔이 눈을 크게 떴다.

수련의 두 눈에는 눈물이 맺혀 있었다.

“왜 울지?”

“그냥 갑자기 눈물이 났습니다. 추태를 보였습니다.”

“그냥이라…….”

아무런 이유 없이 눈물을 보인다는 것은 말이 되지 않았다.

지금 수련의 말은 거짓말이었다.

지금 그의 팔에 기대고 있는 수련의 몸이 가늘게 떨리는 것으로 그 사실을 깨달을 수 있었다.

하지만 왜냐고 물을 수가 없었다.

눈물이 그렁그렁 맺혀 있는 슬픈 눈망울은 아무것도 묻지 말아달라고 말하고 있는 것만 같았다.

아니, 그건 진가흔의 착각이었다.

수련의 두 눈에 눈물이 맺혀 있는 진짜 이유는 아무것도 말해줄 수 없다는 사실이 미안해서였다.

그 사실을 깨달은 진가흔이 참지 못하고 술병을 들어 연거푸 들이켰다.

"자고 가지."

갑자기 올라오는 취기를 억지로 누르지 않고 진가흔이 대답을 꺼냈다.

그리고 길고도 길었던 하루는 그렇게 끝나가고 있었다.

어제와 같은 방에서 눈을 떴다.

자그마한 격자창 사이로 새어 들어오고 있는 어스름한 빛.

입 안이 무척이나 까칠하다는 것을 느끼며 고개를 돌렸지만 곁에 잠들어 있을 줄 알았던 수련은 보이지 않았다.

대신 격렬했던 어젯밤의 흔적들만이 고스란히 남아 있었다.

사방에 아무렇게나 흩어져 있는 옷가지들.

코끝에 닿는 짙은 방향.

그리고 아직까지 방 안에 남아 있는 뜨거운 열기를 느끼며 진가흔은 어젯밤의 기억을 떠올렸다.

수련의 몸에 기댄 채 방에 들어오자마자 누가 먼저랄 것도 없이 서로의 옷가지를 거칠게 벗겼다.

격렬하던 입맞춤.

뜨거운 숨결이 귓가를 간질였다.

목덜미를 타고 내려와 가슴을 간질이던 달콤한 입김.

그 입김은 가슴을 거쳐 아랫배에 닿았다.

갈증이 치밀었다.

조금만 더 아래로 내려오기를 바랐지만 수련은 그의 바람을 들어주지 않았다.

가슴 위에 얼굴을 묻었다.

그리고 그 가슴 위를 적신 것은 뜨거운 눈물이었다.

그 눈물의 의미는 무엇이었을까.

묻고 싶었지만 물을 수가 없었다.

가슴 위에서 잠시 멈추었던 수련이 다시 움직이기 시작하며 진가흔의 머릿속은 아득하게 변해 버렸다.

더는 참지 못하고 손을 뻗자 느껴지던 매끄러운 살결.

지난밤의 수련은 뜨거웠다.

함께 밤을 보낸 것이 한두 번이 아니었지만, 지난밤처럼 뜨겁고 정열적인 수련의 모습은 처음이었다.

마치 이 밤이 생의 마지막 순간인 것처럼 그녀는 쉴 새 없이 움직이며 진가흔을 탐하고 또 탐했다.

마지막 순간, 진가흔의 위에 올라탄 채 움직임을 멈추고 물끄러미 바라보던 그 눈빛을 그는 잊을 수가 없었다.

격자창 사이로 새어 들어오는 달빛으로 인해 희미하게 보이던 수련의 눈빛에는 말로 형용할 수 없을 정도로 아련한 감정이 담겨 있었다.

무슨 말을 하고 싶었던 걸까.

그녀는 끝내 아무런 말도 하지 않았다.

대신 웃음을 지었다.

희미하게 떠올리고 있던 웃음으로 하고 싶었던 수많은 말들을 대신했다.

수련이 없어서인지 방 안이 허전하게 느껴졌다.

그래서 더 머물고 싶지 않았다.

방 안을 벗어나 걸어나가던 진가흔이 잠시 걸음을 멈추었다.

그리고 가슴으로 손을 가져갔다.

'내일 밤!'

수련은 지난밤 잠들기 전, 길고 가느다란 검지를 들어 그의 가슴에 그렇게 적었다.

다시 오라는 뜻이었지만 진가흔은 자신이 없었다.

오늘 밤에도 이곳에 들를 수 있을지.

잔뜩 굳어진 얼굴로 진가흔이 걸음을 옮기기 시작했다.

그리고 그런 진가흔의 모습이 아주 작아졌을 무렵, 어디론가 사라졌던 수련이 다시 나타나 격자창 사이로 얼굴을 내밀고 물끄러미 바라보았다.

"잘 가요."

작별 인사를 던지는 그녀의 하얀 뺨 위로 지금껏 애써 참고 참았던 두 줄기 눈물이 흘러내리기 시작했다.

진가흔이 비음조의 숙소로 들어선 것은 진시 말이었다.

그리고 너무 이른 시간이라 아무도 없을 것이라 예상했던 숙소에는 의외로 모두가 나와 있었다.

"진 형, 이제 왔구려."

조금은 놀란 표정으로 안으로 들어선 진가흔을 가장 먼저 맞아준 것은 석대운이었다.

평소와 달리 어젯밤 과음의 흔적이 전혀 느껴지지 않는 말끔한 얼굴로 침상에 앉아 있는 석대운의 모습은 분명 의외였다.

"어젯밤엔 좋았소?"

하지만 장난기까지는 어찌할 수 없는 듯 눈을 찡긋하며 질문을 던진 석대운은 진가흔이 뭐라 대꾸하기도 전에 손을 뻗어 단화영을 가리켰다.

"진 형, 일단 축하해 주시오. 우리 꼬맹이가 드디어 남자가 되었다오. 내가 일부러 아침부터 화란이를 찾아가 물었더니 글쎄 얼굴만 붉히며 아무 말도 못하는 것 아니겠소. 처음이라는 것이 믿기지 않는다나 어쨌다나."

"그만해요."

"엥? 부끄러운 게냐? 부끄러울 것이 뭐가 있느냐? 진짜 남자가 되기 위해서는 다 거쳐야 할 과정이라고 내가 몇 번이나 그랬지 않느냐?"

"진짜 아무 일도 없었다니까요. 술에 취해서 눈을 떠보니까 벌써 아침이었다니까요."

"그걸 믿으라고?"

"됐어요. 대운 아저씨랑 말하고 있는 내가 바보지."

얼굴이 시뻘겋게 달아올라 있던 단화영이 토라진 표정을 지었지만 석대운은 전혀 개의치 않았다.

"그럼 하 형과 얘기할래? 하긴 그게 나을지도 모르겠다. 그 방면으로는 우리 하 형이 나보다 나으니 배울 것이 많을 것이다. 안 그렇소, 하 형?"

"물론이네, 석 제. 우리 단 소제가 진짜 어른이 되는 데 도움이 될 수 있다면 내가 두 발 벗고 나서도록 하지."

낡고 해진 도복, 머리에 대충 얹어놓은 도관과는 전혀 어울리지 않는 이야기를 하며 하연춘이 장단을 맞추었다.

그리고 분을 참지 못하고 씩씩거리고 있던 단화영은 숙소 안으로 들어오던 연화 노인을 발견하고는 눈을 빛냈다.

"할아버지."

"오냐, 오래간만이구나."

"보고 싶었어요."

"그래, 내가 없는 동안 잘 지냈느냐?"

냉큼 달려가서 허연 수염을 가슴까지 기른 청수한 인상의 연화 노인에게 안긴 단화영은 금세 기력을 회복했다.

"잘 지낼 수가 없었어요. 대운 아저씨하고 연춘 아저씨가 하루도 빠짐없이 술을 마시고 놀리는 바람에 죽을 맛이었어요."

"그래?"

"그게 다가 아니에요. 글쎄 어제는 대운 아저씨와 연춘 아저씨가 술에 취해서 일어나지를 않아서 나하고 가흔 아저씨하고 둘이서 일을 나갔다니까요."

할아버지에게 어리광을 부리는 손자처럼 착 달라붙은 채 단화영이 이야기를 꺼내자 석대운과 하연춘의 얼굴이 똥 씹은 표정으로 변했다.

"설마 저 말을 믿는 것은 아니시겠죠?"

"연화 노인이 떠난 사이 우리는 술을 완전히 끊었습니다. 딱 보면 아시잖습니까? 이게 어디 술 먹은 사람의 모습입니까?"

세상에 무서울 것이 없는 것처럼 보이던 석대운과 하연춘도 연화 노인 앞에서는 제대로 기를 펴지 못했다.

그리고 웬일로 석대운과 하연춘이 이렇게 일찍 나와 있는가 하는 이유를 그제야 깨달은 진가흔이 쓴웃음을 지었다.

"입에 침이나 바르시죠?"

"하늘을 우러러 한 점 부끄럼이 없는데 입에 침을 바를 이유가 무엇이더냐? 나는 떳떳하다.”

석대운이 당당한 표정으로 대꾸했다.

그런 그를 보며 단화경이 기가 막히고 답답하다는 표정을 떠올릴 때, 연화 노인이 웃으며 말했다.

“그럭저럭 잘 지낸 듯 보이는구나.”

“아니라니까요.”

“좀 더 네 녀석의 어리광을 받아주고 싶지만 안타깝게도 시간이 없구나.”

“시간이 없다니 무슨 말이세요?”

“일이다. 지금부터 두 시진 후에는 출발할 예정이다.”

새로운 일이 생겼다는 연화 노인의 말을 듣고서 단화영이 놀란 표정을 지었다.

그리고 그 말을 듣고서 놀란 표정을 지은 것은 단화영만이 아니라 석대운과 하연춘도 마찬가지였다.

“갑자기 또 무슨 일입니까? 어제도 일을 했는데 적어도 달 포, 아니, 한 달 정도는 쉬어야 하는 것이 아닙니까?”

모두를 대신해 석대운이 질문을 던졌다.

그런 석대운의 이야기는 틀리지 않았다.

유원표국의 표물을 도중에 빼돌린 것이 불과 하루 전이었다.

당연히 그 사건에 대한 소문은 인근에 이미 널리 퍼졌을 터이고, 그 소문을 듣고서도 대비를 하지 않을 바보는 없었다.

원래 잡혀 있는 표행이라 하더라도 연기할 것이고, 사정상 연기하지 못하는 급한 표행이라면 철저하게 대비할 것이다.

이런 상황에서 다시 표물을 빼돌리기 위해 움직인다는 것은 위험 부담이 너무 컸다.

"장주의 뜻이네."

하지만 연화 노인은 그 한마디로 대답을 대신했다.

그리고 그 대답을 듣고서 석대운이 입을 다물었다.

서 장주의 명령이니 따르지 않을 수 없는 노릇이었다.

그러나 여전히 불만이 담긴 표정을 짓고 있던 이들 중 이번에는 하연춘이 입을 뗐다.

"장주의 욕심이 너무 과한 것 아닙니까?"

"……."

"욕심이 과하면 화가 따르는 법. 그 정도 이치도 모를 장주는 아닐 텐데. 그래, 들어나 봅시다. 대체 어느 표국의 표물을 빼돌리는 겁니까?"

"중경표국!"

질문을 던졌던 하연춘이 쩍하니 입을 벌렸다.

그로서는 아무렇지도 않게 중경표국이라고 답하는 연화 노인이 이해가 가지 않을 지경이었다.

중경표국은 중원 오대표국 중 한곳이다.

개봉에 본타가 있고 중원 전역에 중경표국의 지국이 없는 곳을 찾기 힘들었다.

당연히 하남성에만도 세 군데의 지부가 있었고, 지금 연화 노인은 그 중경표국의 낙양 지부의 표행을 습격한다는 뜻이었다.

"어허, 장주가 드디어 정신 줄을 놓았나 보구려."

너무 어이가 없어서인지 한참이나 대꾸하지 못하던 하연춘이 간신히 입을 뗐다.

그러나 연화 노인의 표정은 여전히 담담했다.

"위험이 크다는 것은 알고 있다. 하지만 서 장주에게도 피치 못할 사정이 있겠지."

"그 피치 못할 사정이라는 것이 대체 뭡니까?"

"거기까지는 나도 모르지. 하지만 짐작이 가는 것은 있다. 서 장주는 큰돈이 필요한 것처럼 보여."

"대체 얼마나 많은 돈이 필요하기에 이런 무모한 짓을 벌인단 말이오? 대체 서 장주가 중경표국에 맡긴 표물이 뭡니까?"

"몰라."

연화 노인의 대답은 이번에도 모두의 예상을 빗나갔다.

지금까지 비음조가 빼내와야 할 표물에 대해서 서 장주가 말해주지 않은 적은 한 번도 없었으니까.

"다만 표물의 가격은 알고 있지. 황금 백 냥이야."

황금 백 냥.

대단한 거금이었다.

　그리고 만약 비음조가 그 표물을 빼돌리는 데 성공만 한다면 황금 백 냥의 열 배, 즉 황금 천 냥, 은자로는 이만 냥이나 되는 엄청난 거금을 얻는 셈이었다.

“도박이로군요.”

“완전히 맛이 갔군.”

　석대운과 하연춘이 앞다투어 꺼낸 말이 끝나자 연화 노인도 부인하지 않고 희미하게 고개를 끄덕였다.

“말 그대로 도박이지. 비음조를 통째로 걸 만한 가치가 있는.”

“그건 또 무슨 말이오?”

“서 장주는 이번 일을 끝으로 비음조를 해산하겠다고 했네. 비록 한동안이라고 말하기는 했지만 영원히 해산될 가능성이 크지.”

　너무 충격적인 이야기여서일까.

“나, 잘린 거야?”

“아무래도 그런 것 같네.”

“말도 안 돼!”

　잠시 뒤에야 그 말의 의미를 알아들은 석대운과 하연춘, 그리고 단화영이 각자 소리를 질렀지만 연화 노인은 대꾸하는 대신 진가흔에게로 고개를 돌렸다.

“나와 얘기를 좀 하자꾸나.”

연화 노인이 꺼낸 제안에 진가흔이 순순히 고개를 끄덕이며 숙소 밖으로 나가는 그의 뒤를 따랐다.

쉽게 입을 열지 않고 앞장서서 한참을 걸어가던 연화 노인이 멈춘 곳은 편일장 내의 공동 식당 안에 도착해서였다.

점심 식사 시간이 되려면 아직 한참이나 남아서인지 아무도 없는 식당 안에 들어서서 탁자에 앉은 연화 노인이 물끄러미 마주 앉은 진가흔을 바라보았다.

"그동안 별일없었느냐?"

의례적으로 꺼낸 안부 인사.

하지만 진가흔은 단순한 안부 인사로 받아들일 수 없었다.

그 이야기를 꺼내는 연화 노인의 눈빛은 날카로웠다.

마치 어제 하루 사이에 진가흔에게 벌어졌던 일을 모두 알고 있다고 말하는 듯한 눈빛이었다.

"특별한 일은 없었습니다."

그 시선이 점점 부담스럽게 느껴질 때쯤, 연화 노인이 고개를 끄덕였다.

"네 조부를 만났다."

"그랬… 습니까?"

그리고 이번에는 진가흔이 당황했다.

의외의 이야기.

할아버지의 얘기를 꺼낼 것이라고는 예상치 못했기에 진

가흔이 당황하는 모습을 바라보던 연화 노인이 표정을 굳혔다.

"아직도 조부를 원망하는가?"

"……."

"이십 년이란 시간은 짧은 시간이 아니야. 그동안 많이 약해지셨더군."

질책하는 목소리는 아니었다.

연화 노인은 그저 담담한 목소리로 이야기를 꺼내고 있었지만 진가흔은 그 말이 믿기지 않았다.

'할아버님이 약해졌다?

도무지 상상이 가지 않았다.

사 척이 조금 넘을 정도로 키가 작고 깡마른 체형의 할아버지지만 진가흔의 기억 속에 남아 있는 모습은 단단했다.

세상이 뒤집히더라도 눈 하나 깜짝하지 않을 정도로 강단이 있었고, 대가 센 분이 할아버님이었다.

그뿐인가.

코앞에서 목이 잘려 나간 자식과 며느리의 시신을 바라보면서도 눈물 한 방울 흘리지 않았던 분이다.

"제게… 할아버님은 없습니다."

조금의 망설임도 없이 진가흔이 단호하게 대답했다.

그리고 진가흔의 대답을 듣고서 연화 노인의 주름진 두 눈에 안타까운 빛이 스치고 지나갔다.

"아까도 말했지만 많이 약해지셨다."

"……."

"이제 용서할 순 없겠나?"

"만약 어르신이 제 입장이라면 용서하실 수 있겠습니까?"

어떻게든 설득해 보려 하는 연화 노인을 향해 진가흔은 적의가 가득한 눈빛을 드러냈다.

그에게 있어 연화 노인은 생명의 은인이라 할 수 있는 사람이었다.

그리고 진가흔은 받은 은을 가벼이 여기는 사람이 아니었다.

하지만 아무리 그렇다 하더라도 들어줄 수 없는 부탁도 있는 것이었다.

시간이 흐르면 강산조차도 변한다고 하지만 끝내 변하지 않는 것도 있었다.

그동안 진가흔의 감정이 전혀 변하지 않았다는 것을 깨달은 연화 노인이 희미하게 고개를 끄덕이며 다시 입을 뗐다.

"떠나거라."

연화 노인이 고심 끝에 꺼낸 이야기를 듣자마자 뜨겁게 끓어올랐던 진가흔의 머릿속이 순식간에 차갑게 가라앉았다.

등골이 서늘해지는 느낌.

연화 노인도 같은 이야기를 하고 있었다.

떠나라는.

"왜입니까?"

이유를 묻지 않고 그냥 넘길 수가 없었다.

그래서 다시 질문을 던졌지만 연화 노인은 아무런 대답도 없이 물끄러미 진가흔의 얼굴을 바라보기만 했다.

복잡한 감정을 담은 두 눈.

지금 아무런 대꾸도 없이 물끄러미 바라보고 있는 연화 노인의 눈빛은 예전에도 마주한 적이 있었다.

그 눈빛을 마주한 순간 다시 예전 기억이 떠올랐다.

당시 진가흔의 나이는 열 살.

모든 것을 기억하기에는 분명 어려운 나이였지만 그날의 일만큼은 선명하게 남아 있었다.

선선한 바람이 불던 날이었다.

따뜻한 햇살이 천지를 부드럽게 어루만져 주던 계절이었다.

하지만 날짜까지는 정확히 떠올릴 수 없었다.

아니, 좀 더 솔직히 말하면 그때의 기억을 의식적으로 떠올리려 하지 않았기에 기억하지 못했다.

어쨌든 진가흔이 머물던 산중 초옥에 차가운 삭풍 대신 따뜻한 햇살에 실린 미풍이 불어왔으니 봄이 틀림없었다.

울긋불긋한 들꽃이 흐드러지게 피어 있던 산길.

미풍에 실린 들꽃 향기가 언제나처럼 코끝을 찌르던 약재 향과 섞여 머리가 아플 지경이던 날이었다.

목에 닿아 있던 검신의 서늘함.

시퍼런 광채를 뿜어내고 있는 검신으로 인해 온몸이 사시나무처럼 떨렸다.

그러나 목에 닿아 있던 검신이 무섭지는 않았다.

아니, 무섭다는 감정을 느낄 경황조차 없었다고 하는 편이 옳았다.

얼마나 악을 썼는지 목이 쉬었다.

누구의 손일까.

어깨를 움켜쥐고 있는 억센 손아귀에서 어떻게든 벗어나 보려고 했지만 한 발자국도 움직일 수 없었다.

맺혀 있는 눈물 때문에 뿌옇게 흐려진 시야 속에 목이 잘린 아버지와 어머니의 시신이 보였다.

"이건 꿈이야."

더 이상 소리를 지를 힘도 없었다.

나지막한 목소리로 몇 번이나 중얼거렸다.

하지만 꿈이라기에는 너무나 생생했다.

어깨를 움켜쥐고 있는 손아귀에 실린 힘 때문에 느껴지는 고통.

얼마나 꽉 움켜쥐었는지 손바닥으로 파고들고 있는 손톱에서 전해지는 통증.

차가운 바닥을 붉게 물들이고 있는 선혈까지 모든 것이 너무나 생생해서 꿈이 아니라는 것을 말해주고 있었다.

부서져라 입술을 깨물고 있는 진가흔의 시선이 할아버지에게로 향했다.

고집스럽게 느껴지는 입매를 굳게 다물고 서 있던 할아버지는 아버지와 어머니의 시신을 코앞에 두고도 흔들리지 않았다.

그런 할아버지가 그렇게 원망스러울 수가 없었다.

그들이 원하는 것이 대체 무엇인지 몰라도 아버지와 어머니의 목숨만큼 귀할까.

진즉에 원하는 것을 건넸다면 아버지와 어머니는 살 수 있었을 텐데.

저렇게 차가운 시신으로 변한 채 바닥에 누워 있지 않아도 될 텐데.

목에 닿아 있던 검신의 서늘함이 사라진 순간, 기억도 함께 끊겼다.

얼마나 시간이 흘렀을까.

다시 눈을 떴을 때 그가 마주한 것은 복잡한 감정을 담은 채 내려다보고 있는 연화 노인의 눈빛이었다.

“미안하구나.”

“……?”

“내가 너무 늦었어.”

　탄식처럼 한마디를 던졌지만 진가흔은 연화 노인을 원망하는 대신 입을 앙다문 채로 고개를 흔들었다.

　이 모든 것은 할아버지의 고집 때문이었다.

　목함 속에 들어 있는 것이 무엇인지는 몰랐지만 한 가지는 확실했다.

　아버지와 어머니는 다시 살아날 수 없다는 것.

　"저는… 저는 도저히 용서할 수가 없습니다."

　눈을 감은 채 진가흔은 그 한마디만을 남겼다.

　그리고 입을 굳게 다물어 버렸다.

　그런 진가흔을 보며 연화 노인은 다시 한 번 탄식하며 할아버지를 대신해 변명처럼 덧붙였다.

　"선택의 문제였다."

　"……."

　"시간이 흘러 네가 좀 더 자라면 이해할 수 있을 것이다."

　연화 노인은 당시에 그렇게 말했다.

　그러나 진가흔은 그로부터 이십 년에 가까운 긴 시간이 흘렀음에도 여전히 이해할 수가 없었다.

　그 당시의 할아버지의 선택을.

　그래서 여전히 용서할 수가 없었다.

　'왜일까?

옛 기억에서 깨어난 진가흔은 불안함을 느꼈다.

평소에 진가흔을 바라볼 때의 자애로운 눈빛 대신 복잡한 감정이 담긴 눈빛으로 바라보고 있는 연화 노인은 분명 뭔가 잘못되었다고 말하고 있었다.

하지만 연화 노인은 진가흔의 기대와 다른 대답을 꺼냈다.

"아까도 말했지만 비음조는 오늘부로 해산이다."

비음조가 해산한다?

그 이야기를 들으며 가장 먼저 든 생각은 이유였다.

"이유가 뭡니까?"

"서 장주의 마음까지 알 도리는 없지."

"혹시 저 때문입니까?"

이건 직감이었다.

진가흔은 본능적으로 비음조를 해산하는 것이 자신과 어떤 식으로든 연관이 되어 있다는 느낌이 들었다.

"그건 아니다."

그리고 그 직감은 틀리지 않았다.

연화 노인은 부인했지만 대답하는 그의 왼쪽 입꼬리가 떨리고 있다는 것을 진가흔은 놓치지 않았다.

왼쪽 입꼬리가 떨리는 것은 연화 노인이 거짓말을 할 때의 습관이라는 것을 진가흔은 알고 있었다.

"들었습니다."

"무엇을 말이냐?"

“석 형이 그러더군요. 비음조에 대해 내가 알고 있었던 것
은 모두 사실이 아니라고. 비음조는 날 살리기 위해 만들었다
고 했습니다. 사실입니까?”

더 기다릴 수는 없었다.

그래서 진가흔이 불쑥 던진 질문을 듣던 연화 노인의 표정
이 굳어졌다.

“석가 놈이 쓸데없는 말을 했군.”

“저와 관련된 일입니다. 제가 모른다는 것이 오히려 잘못
된 것이라 생각합니다.”

“그래, 그 말도 틀리지는 않구나.”

연화 노인이 어딘가 씁쓸하게 느껴지는 웃음을 머금었다.

그리고 더는 숨길 수 없다는 듯 천천히 입을 뗐다.

“너를 살리고 싶었다.”

“살리고 싶었다?”

“너는 내게 친혈육이나 다름없으니까.”

연화 노인의 목소리는 살짝 떨리고 있었다.

그게 걱정 때문이라는 것을 알고 있었기에 따스함이 느껴
졌지만, 지금은 그런 감정에 빠져 안도하고 있을 때가 아니었
다.

“대체 무슨 일입니까?”

“너는 누명을 쓰게 된다.”

“누명?”

"막으려 했다. 어떻게든 막아보려 했다. 하지만 내 힘으로
는 역부족이더구나. 그래서 방법을 바꾸었다. 널 살리는 방향
으로."

"무슨 누명입니까?"

"그것을 알아내기 위해 백방으로 움직여 보았지만 결국 알
아내지 못했다. 다만 너 혼자 힘으로 빠져나가기에는 힘든 거
대한 음모라는 사실을 알아낸 것이 전부였다."

더 무슨 질문을 할까.

궁금한 것은 여전히 남아 있었지만 쉽게 입이 떨어지지 않
았다.

연화 노인 역시 모두 아는 것은 아니었다.

그러나 한 가지는 확실했다.

정체를 알 수 없는 위험이 다가오고 있고, 그 위험을 벗어
나기 위해서는 한시가 급하다는 사실을.

헝클어진 머릿속을 정리할 엄두도 내지 못하고 진가흔이
입을 열었다.

"저는 이번 일에서 빠지겠습니다."

대체 어떤 음모가 진행되고 있는지 알아내야 했다.

그리고 시간이 빠듯하다는 것이 진가흔의 마음을 급하게
만들었다.

"허락할 수 없다."

그러나 연화 노인은 고개를 흔들었다.

“네 마음이 급하다는 것은 알고 있다. 그러나 지금의 상황은 서두른다고 해서 능사가 아니다.”

“하지만…….”

일리가 있는 말이었다.

그래서 진가흔이 잠시 망설일 때, 연화 노인이 다시 입을 열었다.

“아까 거짓말을 했다. 중경표국의 표행을 습격하는 일은 서 장주가 시킨 일이 아니다. 내가 서 장주에게 부탁한 일이야.”

“왜입니까?”

“널 살릴 가능성을 조금이라도 높이기 위해서지.”

얼핏 이해가 가지 않았다.

오히려 지금 당장 낙양 땅을 벗어나는 편이 낫지 않을까 하는 생각이 들었지만 연화 노인은 진가흔이 하고 있는 생각을 미리 짐작한 듯 고개를 흔들었다.

“나를 믿거라.”

“……?”

“가능한 멀리 떠나야겠지만 지금은 아니다. 우선은 상대의 이목을 분산시켜야만 네가 살 수 있는 확률이 조금이나마 높아진다.”

“대체 누구의 이목을 흐트러뜨리는 겁니까?”

“우선은… 개방이다.”

연화 노인의 목소리는 단호했다.

　게다가 현재 진가흔이 가장 믿고 따를 수 있는 인물은 연화 노인이었다.

　그래서 결국 진가흔이 고개를 끄덕이자 연화 노인은 그제야 만족한 표정으로 다시 입을 뗐다.

　"일단 서 장주에게 가보거라."

　"서 장주에게 말입니까?"

　"네게 뭔가 하고 싶은 말이 있는 듯하더구나. 너도 알다시피 서 장주는 정이 많은 사람이다. 어차피 비음조가 해산하면 다시 만나지 못할 테니 작별 인사라 생각하고 갔다 오거라."

　억지로 웃고 있는 연화 노인을 바라보다 진가흔이 신형을 돌렸다.

　그리고 서 장주가 머물고 있는 전각을 향해 걸어가기 위해 몇 걸음을 떼던 진가흔이 연화 노인의 목소리를 듣고 다시 걸음을 멈추었다.

　"나중에, 그래, 나중에… 네 조부가 있는 곳에 찾아가 보거라."

　들어줄 수 없는 부탁.

　지킬 수 없는 약속은 하지 않는 편이 좋다는 생각에 거절하기 위해 고개를 돌렸던 진가흔이 멈칫했다.

　연화 노인의 표정은 엄숙했다.

　그런 그의 눈빛은 말하고 있었다.

　이건 부탁이 아니라 명령이라고.

"나중에?"

그래서 쉽게 거절하지 못하고 '나중에' 라는 말을 되뇌던 진가흔이 고개를 갸웃했다.

나중에라는 말은 너무나 모호했다.

그리고 고개를 갸웃하고 있는 진가흔을 바라보던 연화 노인이 한마디를 덧붙였다.

"때가 되면 알게 될 것이다."

설명하듯 덧붙인 말이었지만 모호하기는 매한가지였다.

그래서 진가흔이 고개를 돌렸지만 연화 노인은 그 의미를 파악할 수 없는 웃음을 지을 뿐이었다.

"억울함이 원망을 누를 때가 찾아올 것이다."

선문답이 이러할까.

마지막까지 의미를 알 수 없는 대답을 꺼내는 연화 노인을 바라보던 진가흔이 다시 걸음을 옮기기 시작했다.

그리고 진가흔의 등이 사라져 완전히 보이지 않게 되었을 무렵, 답답한 눈빛으로 연화 노인은 독백처럼 한마디를 흘렸다.

"만약 그때까지 네가 살아남을 수만 있다면……."

第五章
작전

暗帝血路 암제혈로

“빚을 졌네.”

근방에 호인으로 소문난 사람답게 진가흔이 마주한 서유
림의 얼굴에는 사람 좋아 보이는 웃음이 떠올라 있었다.

“오히려 제가 신세를 졌습니다.”

진가흔은 얼른 대답을 꺼냈다.

이곳에서 일하면서 이미 하는 일에 비해 지나치게 과할 정
도로 많은 녹봉을 받아온 그였다.

그것만으로도 충분히 서 장주에게 많은 도움을 받았다고
생각했기에, 지금 진가흔이 꺼낸 대답에는 진심이 담겨 있었
다.

그리고 더 이상 아무런 말 없이 빙긋 웃고 있는 서유림을 마주 보던 진가흔이 품속을 뒤져 황금 불상을 꺼내 앞으로 내밀었다.

"돌려 드리는 것이 늦었습니다."

"아니야. 그리고 굳이 돌려주지 않아도 되는데……."

"……?"

"모른 척 자네가 가진다고 해도 탓하지 않으려 했는데 고지식하기는."

서유림이 앞으로 내밀어진 황금 불상을 건네받았다.

그 황금 불상을 아무렇게나 바닥에 던져 버린 서유림이 다시 입을 뗐다.

"그렇다면 다른 것이라도 줘야겠지. 보자, 뭐가 좋을까?"

잠시 고민하던 서유림이 좋은 생각이 떠오른 듯 손가락을 튕겼다.

"그래, 그게 좋겠군. 이번 표물은 자네가 가지게."

"그게 무슨 말씀입니까?"

진가흔이 깜짝 놀라 되물었다.

귀가 있으니 진가흔도 연화 노인이 했던 말을 들었다.

이번 표물은 무려 황금 백 냥의 가치가 있다는 것을.

다시 말해 지금 서유림의 말은 진가흔에게 황금 백 냥의 가치가 있는 표물을 맡긴다는 의미였다.

"내 마지막 선물까지 받을 수 없다는 고지식한 말은 하지 말게."

"하지만……."

"분명 필요할 때가 있을 걸세. 그때가 되면 사용하도록 하게."

아무래도 이건 지나치다는 생각에 진가흔이 재고를 권했지만 서유림은 이미 마음을 정한 듯 요지부동이었다.

"어디 갈 곳은 있는가?"

그 고집을 꺾지 못하고 결국 고개를 끄덕이고 있던 진가흔에게 서 장주가 질문을 던졌지만 쓴웃음으로 대답을 대신했다.

당장이야 갈 곳이 없었지만 또 어딘가에 갈 곳이 있을 터였다.

"어차피 부평초처럼 떠돌아다니는 인생이었습니다."

"운명인가 보군."

"네?"

"아닐세. 하나만 더. 이번만은 쉽지 않을 걸세."

걱정스런 표정으로 한마디를 던지는 서유림을 향해 진가흔은 굳은 표정으로 고개를 끄덕였다.

중경표국의 표행을 습격하는 것인데 쉬울 리 없었다.

서 장주와 헤어진 후 비음조의 숙소로 돌아오자 모두가 한창 바쁘게 움직이고 있었다.

“서둘러요.”

진가흔이 숙소 문을 열고 들어오는 것을 슬쩍 바라본 단화영이 재촉했지만 평소와는 달리 목소리에 힘이 실려 있지 않았다.

‘헤어지는 것이 아쉬운 것인가?

소매를 들어 눈가를 훔치고 있는 단화영을 살핀 진가흔이 한마디를 던지려다 그만두고 묵묵히 걸음을 옮겼다.

단화영의 나이 이제 고작 열여덟.

이미 어른인 것처럼 행동하고 있었지만 아직은 어렸다.

이별이란 의식에 익숙해지는 데는 좀 더 많은 시간이 필요할 터였다.

“울지 마라. 다시 만나게 될 것이다.”

“울기는 누가 운다고 그래요? 그리고 지키지 못할 약속은 함부로 하지 말아요.”

“지키지 못할 약속은 하지 않는다.”

“확신해요?”

쏘아붙이는 단화영의 말투가 무척이나 공격적이었다.

눈물을 흘려서인지 붉게 충혈된 눈으로 매섭게 노려보며 어서 대답하라고 재촉하고 있는 단화영에게 진가흔이 힘껏 고개를 끄덕였다.

“그 약속, 지키마.”

“진짜 약속했어요?”

“그래.”

단화영이 다시 소매를 들어 눈물을 훔치는 것을 바라보던 진가흔이 관물대를 열고 장비를 착용하기 시작했다.

가장 먼저 착용한 것은 요대.

얼핏 보기에는 마치 연검처럼 보이는 요대였지만 좀 더 자세히 살피면 모두 백여덟 개의 유엽비도로 이루어져 있었다.

다음으로 겹집 위로 살아 움직이는 듯한 용 문양이 새겨진 검을 허리에 찰 때, 미리 준비를 마친 석대운이 다가왔다.

“평소라면 화영이 녀석이 설명하는 것이 옳겠지만 저 녀석의 기분이 영 별로인 듯해서 내가 대신 오늘의 일에 대해서 설명하기로 했소.”

“말해주시오.”

“진 형도 알다시피 우리가 표물을 빼돌려야 할 상대는 중경표국. 표물의 가치가 커서인지 표행 준비를 철저하게 했소. 표두만 다섯, 표사의 수는 서른이오. 거기에 쟁자수가 스물이오.”

가만히 설명을 듣다 보니 석대운의 표정에 평소와는 달리 장난기가 없는 이유를 알 수 있었다.

어제 진가흔과 단화영이 습격했던 유원표국의 표행과는 비교할 수 없을 정도로 표두와 표사들의 수가 많았다.

게다가 표두와 표사들의 실력이 뛰어나다고 알려진 중경표국인만큼 그들의 무공 수준도 유원표국과는 비교할 수 없을 터였다.

그래서일까.

자꾸만 마음이 무거워진다는 느낌을 받으며 진가흔이 기본적인 정보가 아니라 좀 더 세부적인 정보에 대해 물었다.

"표두들의 면면은 어떻소?"

"만만치 않소."

상대가 중경표국이기에 어느 정도 예상했던 대답이었다.

하지만 어두워지는 석대운의 낯빛은 상대가 진가흔의 예상보다 훨씬 더 강하다고 말하고 있었다.

"총표두로서 이번 표행을 이끄는 자는 섭아경이오"

"섭아경? 설마 혈영수(血影手) 섭아경을 말하는 것이오?"

무심코 되뇌던 진가흔이 이내 눈을 크게 떴다.

그리고 설마 했지만 석대운은 틀리지 않았다며 희미하게 고개를 끄덕였다.

핏빛 손 그림자가 움직이면 어김없이 혈화(血花)가 피어오른다.

강호의 인물들이 혈영수 섭아경을 이르는 말이다.

어딘가에 얽매이는 것을 싫어하는 성격 때문에 어느 단체에도 속해 있지 않았지만 그 실력만큼은 누구나 인정하는 자가 바로 섭아경이었다.

넓디넓은 하남 땅에서도 열 손가락 안에 꼽히는 고수.

진가흔이 놀라는 것도 무리가 아니었다.

"대체 그가 왜 표국에서 일하고 있소?"

분명 그는 표두를 하기에는 지나칠 정도로 강한 인물이었다.

"중경표국의 낙양 지부를 맡고 있는 철검추혼(鐵劍追魂) 염진악이 그와 친분이 있다고 하오. 아마도 어제 일도 있고 해서 특별히 부른 것이 아닐까 싶소. 그리고 진 형, 아직 놀라기는 이르다오. 나머지 네 명 표두들의 면면도 쟁쟁하니까."

진가흔이 탄식을 내뱉었다.

수리검 연기운, 그리고 하남삼웅.

비록 혈영수 섭아경의 이름이 워낙 커서 가려졌지만 나머지 표두들의 면면도 대단하다고 인정받는 자들이었다.

게다가 그들이 다가 아니었다.

표사들의 수도 서른이나 된다고 했다.

비음조의 인원은 진가흔까지 포함한다 하더라도 불과 다섯.

과연 다섯의 인원으로 이번 일을 성사시킬 수 있을까를 고민하다 보니 절로 마음이 무거워졌다.

"어렵겠구려."

"쉽지는 않겠지만 불가능하지도 않소."

"……?"

"비록 지금까지 감추어두었던 실력들을 모두 드러내야겠지만."

　너무 걱정하지 말라는 듯 어깨를 툭 치며 석대운이 한마디를 덧붙였다.

　"이번에도 진 형의 역할은 같소. 적당한 때 표물을 빼돌려서 죽을힘을 다해서 장내를 벗어나기만 하면 되는 것이오."

　장난스럽게 한쪽 눈을 찡긋하고 돌아서려는 석대운의 어깨를 진가흔이 붙잡았다.

　"이번에는 나도 돕겠소."

　함께 비음조에 속해 있었지만 진가흔이 직접 싸움에 끼어든 적은 한 번도 없었다.

　그리고 그 이유는 연화 노인 때문이었다.

　처음 진가흔이 비음조에 들어왔을 당시, 하연춘과 석대운, 그리고 단화영은 호기심이 가득한 눈으로 바라보았다.

　비음조의 특성상 과거가 명확하지는 않지만 실력이 있는 자들이 들어오는 곳이기 때문에 호기심 반, 기대 반의 시선으로 바라보던 그들에게 연화 노인은 진가흔이 무공이 약하다고 단언했다.

　아예 모르는 것은 아니지만 고작 삼류 수준을 넘어섰다는 단언으로 인해서 진가흔의 임무는 표물을 빼돌려 도망치는 것으로 정해졌다.

　그나마 신법 하나는 쓸 만하다는 연화 노인의 입김 때문이었고, 그로 인해 단화영조차도 진가흔을 은연중에 무시하게 된 계기가 되었다.

가끔씩은 그로 인해 빈정 상할 때도 있었지만, 특별히 불편함을 느끼지도 못했기에 일부러 실력을 드러내지 않았지만 이번만은 아니라는 생각이 들었다.

"진 형, 그냥 하던 대로 합시다."

"그렇지만……."

"우리 중에 진 형이 감추어둔 실력이 있다는 것을 모르는 것은 거시기에 털이 덜 자란 저 녀석뿐이오. 그렇지만 이것도 알아두시오. 실력을 감추어둔 것은 진 형만이 아니라는 것을."

의미심장한 표정을 지은 채 어깨를 두드린 석대운이 신형을 돌렸다.

그리고 그가 하고 싶은 말을 알아들었기에 더는 고집을 부리지 않고 진가흔이 남은 장비를 챙기기 시작할 때였다.

"가장 중요한 걸 깜박할 뻔했군."

석대운이 다시 진가흔에게 입을 뗐다.

"뭐요?"

"그래도 우리가 이렇게 비음조에서 만나 함께 일하게 된 것도 인연이 아니겠소. 그런데 작별 인사도 없이 헤어지긴 아쉽지 않소?"

"지금 작별 인사를 하자는 뜻이오?"

"그럴 리가 있소? 진정한 사나이들이라면 술잔을 부딪치며 작별 인사를 나누어야 하지 않겠소? 그래서 하는 말인데, 표물을 빼돌린 후에 시간을 보내다가 내일 용화객잔으로 오시오. 우리는 미리 그곳에서 기다리고 있겠소.”

석대운의 말을 듣던 진가흔이 슬쩍 연화 노인에게로 고개를 돌렸다.

그리고 무슨 생각인지는 몰라도 연화 노인도 고개를 끄덕였다.

“그리하도록 하자. 이대로 헤어지기는 아쉬우니.”

“알겠습니다.”

“그럼 슬슬 출발하도록 하자. 더 늦어진다면 곤란하다.”

연화 노인의 채근을 듣고 진가흔은 서둘러 준비를 마치고 미리 대기해 놓은 말 등 위로 올라탔다.

“온다!”

연화 노인의 짤막한 한마디를 듣고서 생각에 잠겨 있었던 진가흔이 고개를 들었다.

말을 타고 있는 것은 표두로 보이는 다섯.

티끌 하나 섞이지 않은 백옥처럼 하얀 백마의 등에 올라탄 채 가장 선두에서 표행을 이끌고 있는 자는 미리 전해졌던 정보대로 혈영수 섭아경이었다.

“오늘 고생 좀 하시겠수.”

멀리 보이는 표행을 살피던 석대운이 히죽 웃으며 연화 노인에게 말했다.

혈영수 섭아경을 상대하는 것은 암묵적으로 비음조 내에서 가장 고수로 인정받고 있는 연화 노인의 몫이었다.

그러나 연화 노인에게서는 긴장한 기색이 느껴지지 않았다.

"마지막으로 다시 한 번 정리한다. 우리가 끌어야 하는 시각은 반 각, 언제나처럼 가능한 한 살생은 지양한다."

"그게 어디 쉽겠소?"

"오늘 일은 어렵소. 우리가 죽지 않는 것조차도 쉽지 않을 것 같소만."

연화 노인의 목소리가 흘러나오기 무섭게 석대운과 하연춘이 앞다투어 대꾸했다.

그리고 이번에는 연화 노인도 순순히 고개를 끄덕였다.

"어차피 비음조는 오늘부로 해산하게 되는 상황이니 손속에 사정을 둘 필요가 없겠군. 미리 상의한 대로 내가 상대하는 것은 혈영수 섭아경이다. 최대한 빠르게 섭아경을 제압한 다음, 하남삼웅을 상대하는 하가를 돕도록 하지."

"빨리 와야 하오. 혼자서 셋이나 상대하는 것이 쉬운 일이 아니니까."

허리에 걸려 있는 두 자루의 겸을 툭 건드리며 대꾸하는 하연춘을 향해 고개를 끄덕인 후 연화 노인은 단화영에게로 시선을 돌렸다.

"전에도 말했지만 이번 일의 성패는 네 손에 달려 있다. 수리검 연기운을 최대한 빨리 처리하고 석가와 함께 표사들을 상대하는 데 합류해야 한다."

"걱정 말아요. 내 검이 더 빠를 테니까."

수리검 연기운은 구대문파 중 하나인 청성파의 속가 제자로서 일절로 알려진 청운적하검의 성취가 얕지 않다고 강호에 알려진 자였다.

그리고 일행이 조금은 무모하다는 느낌이 드는 이런 계획을 세운 연유는 그의 검이 쾌검이기 때문이었다.

단화영의 검도 쾌검.

쾌검을 사용하는 이들끼리의 대결인 만큼 승부가 갈리는 것은 단 한 순간일 터였고, 만약 단화영이 연기운을 제압하는 데 성공만 한다면 석대운과 함께 표사들을 상대하는 것에 힘을 보탤 수 있을 것이다.

"그리고 남은 것은 네게 달려 있다. 명심해라. 표물을 탈취하는 데 성공한다면 뒤도 돌아보지 말고 떠나거라."

"하지만……."

"괜히 우리가 걱정된다는 이유로 머뭇거릴 필요는 없다. 제 몸 하나 지킬 정도의 실력은 있는 우리니까."

연화 노인의 눈빛은 진중했다.

그래서 진가흔이 마지못해 고개를 끄덕이자 연화 노인도 안심한 듯 굳어있던 표정을 풀고 희미한 웃음을 떠올렸다.

"마지막이라면 한마디 해야겠지만 그건 내일 용화객잔에서 하도록 하지. 그럼 슬슬 움직여 볼까?"

“그럽시다.”

시원스레 대답하며 가장 먼저 움직인 것은 석대운이었다.

독문 병기인 한 자루 대도를 어깨에 걸친 채 건들건들 어깨를 흔들며 걸어나가는 석대운에게 긴장한 기색은 없었다.

그런 석대운의 모습을 확인하고 말을 타고 선두에서 표행을 이끌던 섭아영이 고삐를 잡아끌며 멈추었다.

히히힝!

요란한 말 울음소리와 함께 멈추어 선 표행의 선두에 서 있던 섭아영이 석대운을 매서운 시선으로 노려보았다.

“누구냐?”

“…….”

“멈추어라.”

말 등에 올라타고 있는 섭아영을 힐끗 바라본 뒤 아무런 대꾸도 없이 석대운은 계속해서 걸음을 옮겼다.

점점 좁혀지는 거리.

스르릉.

채앵.

멈추라는 경고에도 불구하고 여전히 다가오고 있는 석대운을 확인한 표두와 표사들이 각자의 병기를 빼 들었다.

그리고 그제야 석대운이 섭아영을 마주 보며 입을 열었다.

“혈영수 섭아영. 맞나?”

“나를 알고 있다?”

“물론이지. 표행을 습격하려는 자가 그 표행을 이끄는 자가 누군지도 모른다는 것은 말도 되지 않지.”

“내가 이 표행을 이끈다는 사실을 알면서도 나타났다는 뜻이로군. 그것도 단신으로 나타났다니 정신이 나간 놈이군.”

섭아영에게서 진득한 살기가 뿜어져 나오기 시작했다.

하지만 석대운은 그 살기를 전혀 느끼지 못하는 사람처럼 실실 웃으며 잠시 멈추었던 걸음을 다시 옮기기 시작했다.

“멈추라고 했다!”

“애석하게도 넌 내 상대가 아냐.”

석대운이 맡기로 한 것은 섭아영을 비롯한 표두들이 아니라 표사들이었다.

그래서 솔직히 말했지만 섭아영은 그것이 자신을 무시하는 것이라 여기며 석대운을 향해 신형을 날렸다.

“일권에 쳐 죽여주마!”

부우웅!

공기를 찢어발기는 소리와 함께 코앞으로 일장이 다가왔다.

주먹이 닿기 전에 권풍이 먼저 닿았지만 석대운은 피하지도 않았고, 어깨에 걸치고 있던 대도를 사용하지도 않았다.

그리고 그 일권에 얻어맞고 속절없이 죽을 것처럼 보이던 석대운은 멀쩡했다.

“흐읍.”

대신 섭아영이 급히 숨을 들이켜며 미끄러지듯 뒤로 물러났다.

슈아악!

다가온 것은 연화 노인의 일장.

기척이 느껴지지 않을 정도로 은밀하게 다가오는 장력이었다.

섭아영이 물러나는 것이 워낙에 빨랐기에 간신히 얻어맞는 것을 피했지만, 그는 순식간에 수세에 몰렸다.

"넌 내 상대가 아니라니까."

다급한 얼굴로 연화 노인의 공세를 받아내고 있는 섭아영을 실실 웃으며 바라보던 석대운이 다시 걸음을 옮겼다.

그런 그를 상대하기 위해 이번에는 하남삼웅이 다가왔지만 석대운은 여전히 건들건들 걷는 것을 멈추지 않았다.

그리고 서로를 향해 눈짓을 보내던 하남삼웅이 일제히 석대운을 향해 파고들었다.

가장 먼저 다가오는 것은 두 자루 부.

그 뒤를 이어 협봉검과 구부러진 만도가 다가왔지만 석대운의 몸에 닿기 전에 하연춘의 손에 들린 두 자루 겸이 먼저 튕겨내었다.

"아, 깜박 잊고 말하지 않았는데, 난 혼자서 온 것이 아냐."

갑작스레 등장한 하연춘을 상대하기 위해 뒤로 물러나 있는 하남삼웅을 향해 한쪽 눈을 찡긋한 석대운이 표사들 사이로 뛰어들며 대도를 휘둘렀다.

'두 자루 낫이 마치 살아 있는 생물처럼 움직인다!'
진가흔의 시선이 가장 먼저 향한 것은 두 자루 낫을 휘두르고 있는 하연춘이었다.
상대는 하남삼웅.
한 부모에게서 태어난 형제로서 부를 사용하는 엽문이 만형, 검신이 좁은 협봉검을 사용하는 엽격이 둘째, 구부러진 만도를 사용하는 엽현이 막내라고 알려져 있었다.
그리고 그들은 개개인의 무공도 강했지만 합공으로 더욱 유명했다.
피를 나눈 형제인만큼 눈빛만 마주쳐도 마음이 통하는 그들의 합공은 마치 톱니바퀴처럼 정교하게 맞아들어 가며 하연춘을 압박하고 있었다.
두 자루 부가 하연춘의 다리를 노리고 파고드는 동시에 협봉검은 머리, 만도는 가슴을 노리고 다가왔다.
거의 동시에 파고드는 세 종류의 병기.
그 병기들은 순식간에 하연춘의 신형을 난자할 것처럼 대단한 합공이었지만 하연춘의 대응은 진가흔의 예상을 뛰어넘었다.
스스슥.
하연춘의 손에 들린 두 자루 붉은 낫이 움직이며 핏빛 잔영이 만들어졌다.

왼손에 들고 있던 낫을 휘둘러 먼저 두 자루의 부를 튕겨낸 뒤 오른손에 쥐여져 있던 낫을 사선으로 휘둘러 가슴을 노리고 파고들던 만도를 간발의 차로 비껴냈다.

그와 동시에 머리를 뒤로 젖혀 협봉검까지 피해낸 하연춘의 눈은 여전히 차갑게 가라앉아 있었다.

그 모습을 보며 진가흔은 순수하게 감탄했다.

도저히 피할 틈이 보이지 않을 정도로 완벽한 합공이었지만 하연춘은 당황하지 않고 허점을 찾아냈다.

거의 동시에 다가오는 것 같은 하남삼웅의 공격이었지만 찰나라 불러도 좋을 약간의 시간차가 있었다.

그리고 하연춘은 그것을 놓치지 않았기에 손해를 보지 않고 그 합공을 무사히 받아넘긴 것이었다.

수세를 넘기면 공세로 전환되는 것이 수순.

두 자루의 낫을 휘두르는 그의 무서운 기세는 더 이상 합공을 할 틈조차 주지 않고 몰아붙이고 있었다.

그 모습을 살피던 진가흔이 다음으로 고개를 돌린 것은 단화영에게로였다.

단화영의 상대는 수리검 연기운.

그리고 단 일 합에 승부가 갈릴 것이라는 연화 노인의 예상은 들어맞았다.

호흡조차 멈춘 듯 가느다란 떨림도 느껴지지 않는 단화영의 신형이 움직인 것은 연기운이 움직인 다음이었다.

청운적하검(靑雲赤霞劍).

새벽의 미명을 담은 듯한 푸른 안개의 틈을 비집고 갑자기 튀어나온 한 자루의 검은 제대로 보이지 않을 정도로 빨랐다.

그때까지 움직이지 않고 있던 단화영이 검을 뽑아볼 기회조차 없이 싱겁게 승부가 끝나는 것이 아닐까 하는 생각이 들 때, 단화영이 비로소 움직이기 시작했다.

가장 먼저 움직인 것은 허리.

허리가 슬쩍 비틀리며 어깨가 열렸다.

그 어깨가 흔들린 순간 한줄기 백색 섬광이 장내를 가로질렀다.

분명 연기운의 검보다 뒤늦게 움직이기 시작했음에도 불구하고 그 백색 섬광은 짙게 깔려 있던 푸른 안개를 걷어낸 것으로 모자라 연기운의 신형을 정확히 반으로 갈라 버린 후에야 멈추었다.

그그극.

연기운의 머리에서부터 시작해 만들어지는 희미한 혈선.

시간이 흐를수록 그 혈선을 점자 짙어지더니 한순간 그 혈선 사이로 엄청난 양의 선혈이 폭포수처럼 뿜어져 나왔다.

"하아! 하아!"

전력을 다해서일까.

어깨를 들썩이며 가쁘게 숨을 몰아쉬고 있는 단화영을 보던 진가흔은 확신했다.

"사일검법(射日劍法)!"

지금 단화영이 보인 일검은 그 빠름으로 인해 순간적으로 태양마저 반으로 갈라 버린다는 착각이 든다고 알려진 사일검법이었다.

그리고 숨을 가쁘게 내쉬고 있는 단화영을 잠시 더 바라보던 진가흔의 시선은 고통에 겨운 신음성을 흘리고 있는 혈영수 섭아영에게로 향했다.

"쿨럭쿨럭!"

편안한 표정으로 서 있는 연화 노인과 몇 장 떨어진 곳에 한쪽 무릎을 꿇고 간신히 버티고 서 있는 섭아영은 밭은기침을 뱉어내고 있었다.

"내상이 깊다!"

기침을 뱉어낼 때마다 섭아경은 한 움큼이나 되는 검게 죽은 선혈을 바닥으로 토해내고 있었다.

하지만 그의 눈빛만은 죽지 않았다.

자신을 이렇게 만든 연화 노인의 믿기 힘들 정도의 실력에 대한 불신과 그로 인한 증오가 반씩 섞인 눈빛.

불똥을 뿜어낼 것 같은 이글거리는 눈빛으로 노려보고 있던 섭아경이 괴성과 함께 연화 노인에게로 달려들었다.

벼락처럼 빠른 속도로 움직이는 섭아영의 손이 만들어낸 붉은 수영(手影)이 연화 노인의 전면을 뒤덮었다.

"조심!"

승부가 갈렸다고 생각해서일까.

신형을 돌리는 연화 노인의 모습을 확인한 진가흔이 깜짝 놀라 소리를 질렀다.

그 경호성을 듣고서 다시 등을 돌린 연화 노인이 어느새 전면을 뒤덮고 있는 붉은 손 그림자를 확인하고서 미간을 찌푸렸다.

그러나 당황하는 기색은 아니었다.

"갈!"

마치 아이를 꾸짖듯이 일갈을 토해내며 연화 노인이 뻗어낸 오른손이 붉은 수영 사이를 비집고 들어가 섭아영의 가슴에 닿았다.

퍼억!

가슴뼈가 함몰되는 섬뜩한 소음과 함께 섭아영은 입에서 붉은 피 화살을 뿜어내면서 일 장이 넘게 뒤로 날아갔다.

아쉬움이 남아서인지 섭아영의 손끝이 꿈틀거렸지만 그게 다였다.

섭아영은 끝내 다시 일어나지 못하고 그대로 절명했다.

그리고 진가흔이 연화 노인이 방금 보여준 한 수를 보며 놀란 표정을 짓고 있을 때, 호통 소리가 흘러나왔다.

"대체 뭘 하느냐?"

"……?"

"지금 그렇게 정신을 빼놓고 있을 때이더냐? 어서 서두르
지 못할까?"

그 호통 소리를 듣고서 진가흔은 퍼뜩 정신이 들었다.

연화 노인과 하연춘, 그리고 단화영이 지금까지 감추어두
었던 실력을 꺼내는 것을 보며 잠시 넋이 나가서 본연의 임무
를 잊고 있었다.

표사들과 맞서 싸우며 홀로 고군분투하고 있던 석대운의
곁으로 단 일 합의 승부로 연기운을 죽인 단화영이 가세했지
만 고전하고 있는 것은 여전했다.

바닥에 쓰러진 표사들의 수는 여덟.

하지만 여전히 스물이 넘는 표사들이 남아 있었고, 두 명이
서 그 많은 표사를 상대하는 것은 버거운 일임에 틀림없었다.

석대운이 입고 있던 장삼의 몇 군데가 잘려 나가 있고, 그
사이로 붉은 혈흔이 비치는 것을 확인한 진가흔이 더는 머뭇
거리지 않고 움직이기 시작했다.

그런 그가 다가간 곳은 석대운의 등 뒤였다.

석대운이 미처 신경 쓰지 못하는 사이, 한 명의 표사가 그
의 등 뒤로 돌아서 다가가고 있었다.

슈아악.

그리고 그 표사가 휘두른 일검이 석대운의 등을 길게 가르고
지나가기 직전, 진가흔의 검이 먼저 표사의 등에 틀어박혔다.

"크흑."

쓰러지는 표사의 입에서 신음 소리가 새어 나왔다.

그 신음 소리를 듣고서야 고개를 뒤로 돌린 석대운이 쓰러져 있는 표사와 진가흔을 확인하고 히죽 웃으며 한쪽 눈을 찡긋했다.

"고맙기는 한데 난 신경 쓰지 말고 어서 진 형 할 일을 하시오."

그 말만을 남기고 다시 대도를 휘두르며 표사들과 손을 섞기 시작하는 석대운을 바라보던 진가흔이 결심을 굳히고 쟁자수들이 모여 있는 곳으로 다가갔다.

믿었던 표두들이 모두 죽었다는 사실로 인해 이미 겁에 질려 버린 쟁자수들의 안색은 어느새 어두워져 있었다.

그런 상황에서 다가오고 있는 진가흔까지 확인하자 그들은 사시나무처럼 벌벌 떨기 시작했다.

표행 도중 표두와 표사들이 표물을 노린 상대에게 죽는다 하더라도, 무공을 모르는 쟁자수들은 죽이지 않는 것이 상식.

하지만 세상 이치란 것이 항상 상식이 통하는 것만은 아니라는 사실을 쟁자수들은 잘 알고 있었다.

무공 따위는 모르는 쟁자수들의 목을 닭 모가지를 비틀 듯이 간단히 비틀어 버릴 힘이 진가흔에게는 있었고, 그 사실을 쟁자수들도 잘 알고 있었다.

"이미 돌아가고 있는 상황을 보았을 테니 긴말은 하지 않겠소. 표물을 내놓으시오."

쟁자수들이 모여 있는 곳에서 반 장 정도 떨어진 거리까지 다가간 뒤 멈추어 선 진가흔이 입을 열었다.

하지만 겁에 질려서 벌벌 떨면서도 스무 명에 가까운 쟁자수들 중에서 선뜻 대답하는 이는 없었다.

여전히 싸움이 벌어지고 있는 장내로 시선을 던진 채 혹시나 하는 눈빛으로 상황을 살피면서 그들의 시선이 가장 나이가 많은 한 사내에게로 은연중에 향하고 있었다.

그리고 그것을 놓칠 진가흔이 아니었다.

"다시 한 번 말하겠소. 그리고 이것이 마지막 경고요. 표물을 내놓으시오."

이번에는 염소수염을 기른 사십대 중반 정도로 보이는 사내에게로 시선을 고정한 채 진가흔이 경고했다.

그러나 마지막 경고라고 했음에도 사내는 쉽게 입을 않았고, 진가흔도 더 이상 시간을 끌 수는 없었다.

"큭!"

진가흔의 손바닥이 사내의 가슴 어림을 스치고 지나가자마자 비명 소리가 흘러나왔다.

그리고 부르르 떨던 사내는 입가로 붉은 선혈을 흘리며 그대로 바닥에 고꾸라진 후 더 이상 움직이지 않았다.

"마지막 경고라고 미리 말했소. 표물은 어디 있소?"

진가흔의 시선이 조금 전 쓰러진 사내의 곁에 있던 체구가 무척이나 우람해 힘 좀 쓸 것처럼 보이는 이십대 중반의 청년에게로 향했다.

그런 진가흔의 시선을 받은 젊은 청년의 시선이 급격하게 흔들렸다.

갈등에 갈등을 거듭하던 청년은 더는 아무런 말도 없이 바라보던 진가흔의 오른손이 슬쩍 들어 올려지는 것을 확인하고 더는 견디지 못하고 대답했다.

"표물은… 표물은… 총표두님이 가지고 계십니다."

총표두라면 이미 연화 노인에 의해 죽은 섭아영이었다.

목숨이 아까워 표물의 행방을 말한 것에 대한 죄책감 때문일까.

입술을 질끈 깨문 채 고개를 푹 수그리고 있는 청년을 바라보던 진가흔이 손을 들어 가슴을 후려쳤다.

조금 전 사내와 마찬가지로 부르르 몸을 떤 후 바닥으로 쓰러지는 청년을 확인하며 진가흔이 신형을 돌렸다.

잔인하다느니 인간도 아니라는 등의 속삭임이 귓가로 파고들었지만 진가흔은 묵묵히 걸음을 옮겼다.

그리고 죽은 것처럼 보였지만 그들은 죽지 않았다.

심맥을 건드려 충격을 받고 잠깐 정신을 잃었을 뿐이다.

첫 번째 사내의 심맥을 건드린 것은 그들에게 공포심을 유발시켜 입을 열게 하기 위함이었고, 나머지 한 사내의 심맥을 건드린 것은 그자가 나중에 동료들에게서 받을 비난의 수위를 낮추어주기 위함이었다.

물론 그때는 진가흔이 이미 표물을 빼돌려 떠난 후의 상황
일 테지만.

가슴뼈가 함몰된 채 죽어 있는 섭아영의 곁으로 다가간 진
가흔이 품을 뒤져 하나의 봉투를 발견했다.

입가를 타고 흐른 피가 젖어서 반 이상이 붉게 물들어 있는
서찰을 진가흔이 품속에 쑤셔 넣었다.

아무리 뒤져도 다른 것이 나오지 않는 것으로 보아 표물이
틀림없었다.

그리고 다시 몸을 일으킨 진가흔이 여전히 치열하게 싸움
이 벌어지고 있는 장내의 상황을 살폈다.

연화 노인을 제외하고는 모두 몇 군데씩 크고 작은 상처를
입어 위태로워 보였다.

그곳에 끼어들어 도움을 주고 싶었다.

하지만 그가 빨리 이곳에서 사라지는 것이 오히려 더욱 큰
도움이 된다는 사실을 알고 있었기에 신형을 돌렸다.

"부디 무사하기를."

한마디를 남긴 진가흔이 신법을 펼쳐 재빨리 그곳을 벗어
났다.

第六章
누명(陋名)

"이제 어디로 가야 할까?"

막막했다.

일단 산을 내려와 관도로 내려왔지만 갈 곳이 마땅치 않았
다.

오가는 사람들 틈에 섞여 잠시 제자리에 멈추어 서 있던 진
가흔은 아직 점심도 먹지 않았다는 사실을 문득 떠올렸다.

꾸르륵.

신호라도 보내는 양 뱃속에서 흘러나오는 소리를 듣고서
쓴웃음을 지은 진가흔이 다시 천천히 걸음을 옮기기 시작했
다.

　그리고 진가흔은 도중에 몇 개의 객잔을 그냥 스쳐 지나 보
낸 후 하류객잔 안으로 들어갔다.

　하류객잔은 편일장에서 꽤나 멀리 떨어져 있어서 진가흔
으로서도 단 한 번도 들른 적이 없었다.

　하지만 객잔에서 일하고 있는 숙수의 솜씨가 워낙에 뛰어
나 음식 맛이 일품이라고 소문이 자자한 객잔이었다.

　물론 진가흔이 단순히 하류객잔의 음식으로 배를 채우기
위해서 여기까지 움직인 것은 아니었다.

　조금 전, 연화 노인은 자신이 누명을 쓸 것이라 경고했다.

　그리고 현재 진가흔이 아는 것은 그게 전부였다.

　대체 어떤 사건에 휘말려 누명을 쓰게 되는지조차도 몰랐
다.

　허기가 문제가 아니었다.

　밀려드는 초조함으로 인해 배고픔은 느껴지지도 않았다.

　일단 돌아가는 상황을 알아보는 것이 급선무였다.

　적어도 어떤 일이 벌어지는 낌새라도 알 수 있어야 대처 방
안을 마련할 수 있을 테니까.

　그리고 그러기 위해서는 소문이라도 들어야 했고, 소문을
듣기 위해서는 사람들이 많이 모인 틈에 섞이는 것이 최선이
었다.

　이미 점심 식사 시간이 한참이나 지난 후였지만, 예상대로
하류객잔은 뛰어난 음식 맛 때문인지 대부분의 탁자가 손님

들로 차 있었다.

"어서 옵쇼."

비어 있는 탁자가 없다는 사실을 깨닫고 진가흔이 멈칫거리고 있을 때, 이마 위로 흘러내리고 있는 땀방울을 소매를 닦으며 점소이가 다가왔다.

"혼자 오셨죠? 잠시만 기다려 주십시오. 제가 자리를 만들어보겠습니다."

"가능하겠느냐?"

"비어 있는 탁자가 없어서 그러시는가 본데 걱정하지 마십시오. 저희 객잔은 평소에도 손님이 많아서 합석하는 것이 다반사입니다."

걱정하지 말라며 장담한 점소이는 어느새 사 인용 탁자에서 식사를 하고 있는 두 명의 장한 곁으로 다가가 뭔가 이야기하고 있었다.

웃음을 잃지 않고 두 장한과 이야기를 하던 도중 점소이가 진가흔을 손으로 가리켰고, 두 명의 장한도 별로 싫은 기색을 하지 않고 고개를 끄덕이는 것이 보였다.

그리고 마침내 이야기가 끝난 듯, 환한 표정을 지은 점소이가 다시 진가흔에게 쪼르르 달려왔다.

"저를 따라오시죠."

비어 있던 의자를 뒤로 빼고 기다리고 있는 점소이에게 동전 한 닢을 건넸다.

"실례하겠습니다."

그리고 양해를 구하기 위해 미리 탁자에 앉아서 식사를 하고 있던 두 장한에게 인사를 건네자 그들은 웃으며 자리를 권했다.

"자리가 비었으니 앉으시오."

"이곳에서는 원래 그리하니 미안해할 것 없소."

더는 사양하지 않고 자리에 앉은 진가흔이 주문을 받기 위해 기다리고 있던 점소이에게 소면을 시켰다.

"혹시 이곳에 처음 오는 것이오?"

그리고 진가흔이 주문하는 것을 듣고 있던 두 명의 장한 중 진가흔의 곁에 앉아 있던 염소수염의 장한이 빙그레 웃으며 물었다.

"어떻게 아셨습니까?"

"소면만 주문하는 것을 보고 눈치챘소. 점심 식사 시간에 이곳을 찾는 사람들 중에 소면만 주문하는 이는 아무도 없다오. 물론 이곳의 소면도 면발이 쫄깃쫄깃하고 국물이 담백해서 나쁘지는 않지만 백이면 백 만두를 먹기 위해 온다오."

사내의 말을 듣고 슬쩍 고개를 들고 다른 탁자를 살핀 진가흔의 눈에 약속이라도 한 듯 만두가 놓여져 있는 것이 보였다.

"만두도 가져다 다오."

그리고 그제야 진가흔이 점소이를 향해 만두를 주문하자

점소이의 얼굴에도 웃음이 떠올랐다.

"원래는 제가 설명을 드렸어야 하는 것인데 손님들께서 미리 설명해 주셨으니 저는 일을 덜었네요. 드셔보면 아실 겁니다. 정말 맛있으니까요."

잠시만 기다리라는 말을 남기고 돌아가는 점소이의 등을 바라보며 진가흔이 행낭을 바닥에 내려놓았다.

마침 창가 자리라서 뜨거운 햇빛이 내리쬐고 있는 창밖으로 고개를 돌리려는 찰나, 이번에는 맞은편 자리에 앉아 있던 수염이 덥수룩한 장한이 질문을 던졌다.

"객지에서 온 거요?"

"아닙니다. 편일장에서 일하고 있습니다."

"편일장?"

진가흔의 대답이 흘러나오자마자 두 장한의 눈에 반가운 기색이 떠올랐다.

"이거 반갑소. 작년에 나도 편일장에서 돈을 빌린 적이 있소. 덕택에 내가 하는 포목점이 다른 사람의 손에 넘어가는 것을 막을 수 있었지. 이런 정신머리하고는. 이름도 밝히지 않았구려. 내 이름은 조방이라고 하오."

"이보게, 편일장에서 돈을 빌리지 않은 사람이 이 인근에 있을까? 요즘 같이 각박한 세상에 편일장의 서 장주처럼 좋은 사람이 어디 있겠는가? 어쨌든 이렇게 만나게 되어서 반갑소. 내 이름은 황일이오."

다른 사채업자들과 달리 편일장은 아주 저리의 이자만을 받고 돈을 빌려주었고, 상환 기한이 지나도 악독하게 채무를 독촉하지 않았기에 이 근처 주민들은 편일장에 대한 호감이 있었다.

덕택에 진가흔을 바라보는 그들의 눈에도 호감이 어리기 시작했다.

“많이 드시오.”

“만두가 아주 속이 꽉 차서 맛이 좋소. 그리고 이것도 인연인데 언제 내가 하는 포목점에 한 번 들르도록 하시오. 옷이 많이 낡았는데 내가 이문을 남기지 않고 원가로 옷을 한 벌 해줄 테니까.”

“말씀만으로도 감사합니다.”

점소이가 음식을 가져다 놓기 무섭게 두 장한이 앞다투어 하는 말을 들으며 진가흔이 만두를 하나 집어 들었다.

겉보기에는 특별할 것이 없는 만두.

일반적으로 객잔에서 파는 만두보다 조금 더 크다는 것을 제외하고는 특별한 점을 발견할 수 없었다.

그래서 별다른 기대 없이 만두를 한 입 베어 물었던 진가흔이 고개를 끄덕였다.

만두 속에 다진 고기 때문인지 향긋하면서도 고소한 육즙이 입 안 가득 퍼졌다.

솔잎을 넣고 쪘는지 은은하게 느껴지는 솔 향.

그리고 만두와는 전혀 어울리지 않는다고 생각했던 계피
의 톡 쏘는 강렬한 향이 뒤늦게 퍼지면서 돼지고기의 텁텁한
맛을 없애주고 있었다.

생각했던 것보다 훨씬 더 뛰어난 만두의 맛을 확인하고서
야 왜 이렇게 객잔 안에 손님이 많은가를 진가흔은 이해할 수
있었다.

"어떻게, 맛이 괜찮지 않소?"

"네, 아주 맛있습니다."

"이보게, 자꾸 말을 걸지 말게. 먹는 데 방해가 되지 않나?"

"이런, 미처 그 생각까지는 하지 못했군. 우리는 더 이상
말을 걸지 않을 테니 편히 드시구려."

두 장한이 더 이상 진가흔에게 말을 걸지 않고 자신들끼리
이야기를 시작하자 진가흔은 또 하나의 만두를 집어 들었다.

그리고 다시 만두를 한 입 베어 문 진가흔은 기억이 났다.

어린 시절, 할아버지가 만들어주신 만두에서도 지금 이 만
두와 비슷한 맛이 느껴졌다는 것이.

지금 손에 들고 있던 만두에 비해서 크기도 작고 모양도 울
퉁불퉁한 것이 투박했지만 틀림없었다.

어머니가 만들어주었던 만두에서는 이런 향과 맛이 느껴
지지 않아 할아버지가 만들어준 만두만 먹었던 기억도 떠올
랐고.

"마음이 들어 있기 때문이란다. 세상에 하나밖에 없는 손자를 먹일 만두라서 할아비의 마음이 들어 있지."

어린 마음에 왜 할아버지가 만든 만두는 이렇게 맛있느냐는 질문을 던졌을 때, 할아버지는 그렇게 대답하셨다.
당시에는 그 말을 믿었다.
하지만 이제는 아니었다.
만약 그 말이 사실이었다면 할아버지는 그때 하나밖에 없는 자식과 손자를 버리는 선택을 하지 않았을 테니까.
"…사실이라니까."
"…지금 이 일대가 발칵 뒤집혔다네."
"…거리가 칼을 찬 무인들로 쫙 깔렸어."
"…우리도 몸조심하도록 하세."
눈을 감은 채 옛 생각에 잠겨 있던 진가흔은 객잔 안의 웅성거리는 소리를 듣고서 정신을 차렸다.
'무슨 일일까?
이 일대가 발칵 뒤집혔다면서 침을 튀기면서 열변을 토해내고 있는 장한의 목소리를 듣고서 진가흔이 고개를 들었다.
엄밀히 말하면 진가흔은 지금 쫓기는 입장이었다.
비록 누군가에게 쫓기는지조차도 명확히 알 수 없는 상황이었지만.
그래서 지금 들린 이야기가 더욱 신경이 쓰였다.

‘벌써 소식이 전해졌을까?

중경표국이라면 표행이 습격당하고 표물을 탈취당했다는 사실을 알아챘다면 가만히 손을 놓은 채 있을 리가 없었다.

중경표국 내에 존재하고 있다는 회수조가 총출동할 것이고, 모든 인맥을 동원해서 찾아 나설 것이 틀림없었다.

“개방이 나섰다고 하네.”

“개방이라면 거지 집단?”

“이번 사건이 어떤 사건인데 개방만 나섰을까? 그 대단하다는 구대문파가 모두 나서지 않겠는가?”

“암, 그렇고말고. 아무리 콧대 높은 그들이라고 해도 가만히 손을 놓고 있을 수는 없을 걸세.”

긴장한 채 생각에 잠겨 있던 진가흔의 귓가로 객잔 장한들이 웅성거리는 소리가 다시 들려왔다.

그 이야기들을 들으며 진가흔이 고개를 갸웃했다.

그들은 개방뿐만 아니라 구대문파가 모두 나설 만한 사건이라고 입에 침을 튀겨가며 이야기하고 있었다.

아무리 중경표국의 영향력이 대단하다고 해도 개방을 비롯한 구대문파까지 모두 움직인다는 것은 어불성설(語不成說)이다.

‘그 일이 아니다!

지금 객잔 안에서 흘러나오고 있는 이야기는 중경표국의 표행이 습격당한 것에 대한 것이 아니었다.

그래서 잔뜩 긴장했던 마음이 조금은 이완되는 동시에 대체 무슨 일이 벌어진 것인가에 대한 호기심이 치밀었다.

"무슨 일입니까?"

그리고 진가흔의 질문을 듣고서 곁에 앉아 있던 조방이 언성을 높였다.

"소연신 대협을 아시오?"

당연하다는 듯이 진가흔이 고개를 끄덕였다.

다정기협(多情奇俠) 소연신에 대해서는 물론 알고 있었다.

현 강호에서 가장 유명한 인물들 중 한 명이었으니까.

"차기 무림맹주로 내정되어 있는 자가 아닙니까?"

"역시 소협도 알고 있었구려. 그렇다면 설명하기 편하겠소. 글쎄, 소연신 대협이 돌아가셨다고 하오."

세상이 뒤집힌 것처럼 침을 튀겨가며 열변을 토하고 있는 조방을 바라보는 진가흔의 표정은 여전히 차분했다.

다정기협 소연신이 죽었다?

분명 충격적인 소식이었다.

그리고 그 이야기를 들은 즉시 진가흔은 자신이 다정기협 소연신에 대해 알고 있는 것에 대해 떠올려 보았다.

천풍무가(天風武家)가 배출한 불세출의 기재.

천하에 악명을 자자하게 떨치고 있었지만 지닌 바 무공이 워낙 고강해 어느 누구도 처단하기 위해 함부로 나서지 못하던 하북삼흉을 불과 약관의 나이에 처단하며 강호에 등장한 신성(新星)이 소연신이었다.

당시의 강호인들, 특히 젊은 무인들은 그의 등장에 열광했다.

그로부터 이십오 년이 흐른 지금, 소연신은 감히 어느 누구도 경시하지 못할 절대 무인으로 명성을 떨치고 있었다.

그리고 얼마 전 이백 년이 넘는 시간 동안 강호를 거의 완벽하게 주름잡고 있는 구대문파 출신이 아니라 천풍무가 출신으로서 차기 무림맹주로 선출된 사실은 강호에 커다란 충격을 전해주었다.

변화의 바람.

오랫동안 정체된 채 고여서 조금씩 썩어가던 강호에 몸담고 있던 젊은 무인들은 기대에 부풀었었다.

소연신이라면 이 강호에 새로운 바람을 불러일으켜 줄 것이라 의심하지 않으며.

그런데 그가 죽었다.

사람들의 기대를 충족시키지 못하고.

무림맹주로 선출돼서 강호에 새로운 바람을 일으켜 보기도 전에 그는 죽었다.

암습(暗襲)?

독살(毒殺)?

흉수(兇手)가 누구일까?

강호에 몸담고 있는 인물들이라면 이 충격적인 소식을 접하고서 수많은 의문에 휩싸이겠지만 진가흔은 아니었다.

소연신을 싫어한 것은 아니었다.

진가흔도 누구보다 썩어버린 강호가 바뀌기를 바라는 사람 중 하나였으니까.

하지만 지금 현재 느끼는 솔직한 심정을 말한다면 그의 죽음이 그리 크게 마음에 와 닿지 않았다.

직접 만나본 적도 없는 소연신의 죽음보다는 지금 그의 앞에 닥친 알 수 없는 불안감의 정체를 파악하는 것이 더 급했다.

"암습이었다는군."

"살수였다는데."

"감히 어느 살수 집단이 겁도 없이 다정기협 소연신을 죽일 생각을 했을까? 대체 제정신일까?"

"자혼부가 아닐까? 자혼부가 아니고서 감히 이런 일을 벌일 수 있는 살수 집단이 있을 리가 없잖아."

그사이에도 객잔 안은 근거도 없는 수많은 추측들이 난무하고 있었다.

그리고 잔뜩 신경을 기울인 채 이야기를 듣고 있던 진가흔은 자혼부라는 이름이 나오자 자신도 모르는 사이 움찔했다.

만약 다정기협 소연신이 살수에 의해 죽은 것이 사실이라면 중인들의 추측대로 자혼부를 가장 먼저 떠올리는 것이 당연했다.

하지만 자혼부에 몸을 담은 적이 있는 진가흔은 결코 자혼부의 부주가 이런 결정을 내릴 리가 없다는 사실을 잘 알고 있었다.

백면서생처럼 말끔하고 곱상한 부주의 얼굴.

진가흔이 아는 자혼부의 부주는 다정기협 소연신의 청부를 받아들일 정도로 배짱이 크지 않았다.

그리고 어리석지도 않았다.

다정기협 소연신을 죽인다면 강호의 공적으로 지목되어 자혼부는 절대 버티지 못할 터인데 그런 바보 같은 결정을 내릴 리가 없었다.

'그렇다면 누굴까? 다른 살수 집단 중에 이렇게 대담한 일을 벌일 정도의 배짱이 있는 곳이 있을까?'

다시 생각에 잠겼던 진가흔은 자신의 질문이 잘못되었다는 것을 깨달았다.

조금 전의 질문은 다정기협을 죽일 만한 능력이 있는 살수 집단이 과연 있는가라는 질문으로 바뀌었어야 했다.

'내가 아는 한도 내에서 자혼부를 제외하고는 없다. 아니, 자혼부 제일살수라 불리는 귀수라 해도 청부를 성사시킬 확률이 얼마나 될까?'

그리고 생각을 정리하던 진가흔은 다시금 자혼부가 아니라는 결론에 도달했다.

현재 자혼부에서 감히 소연신의 청부를 맡길 만한 유일한 인물인 귀수와는 불과 어제 만났으니까.

어쩌면 지금 객잔 내에서 떠들고 있는 인물들의 생각은 근본부터 잘못되었을 가능성이 컸다.

이건 일개 살수가 벌일 수 있는 일이 아니었다.

그렇다면 누굴까.

다시 생각에 잠기며 창가 쪽으로 시선을 돌리는 진가흔의 눈에 객잔 안으로 들어서는 두 명의 거지가 들어왔다.

해질 대로 해진 넝마.

땟국물이 흐르고 있는 얼굴과 시커먼 양손.

그리고 봉두난발한 머리에서는 허연 이가 떼로 기어 다니는 거지들의 모습은 보는 것만으로도 입맛이 사라질 정도였다.

그래서 무심결에 인상을 찡그리면서 시선을 돌리려던 진가흔이 다시 거지들에게로 고개를 돌렸다.

거지들의 허리에 걸려 있는 매듭이 눈에 들어왔다.

'개방?'

보통 거지들이 아니었다.

구대문파와 함께 현 강호를 주름잡고 있는 거지들의 단체인 개방의 방도들이었다.

매듭이 하나뿐인 것으로 보아 일결제자.

개방 내에서의 위치가 가장 낮은 방도들이라고는 하나, 개방이라는 거대한 문파를 등에 업은 그들의 위세는 대단했다.

"안으로 들어오시면 안 됩니다. 여기서 기다리시면 제가 주방에 얘기해서 식은 음식들을 가져다 드리겠습니다."

조금 전, 진가흔에게 주문을 받던 점소이가 서둘러 문밖으로 나가 웃는 얼굴로 그들이 들어서는 것을 제지하려 했지만, 그들은 막무가내였다.

"비켜라."

"우리가 누군지 아느냐?"

개방 일결제자들이 소리를 질렀다.

절로 주눅이 들 정도로 형형한 눈빛.

하지만 어리게만 보이던 점소이는 생각보다 훨씬 더 강단이 있었다.

그 형형한 눈빛을 마주하고서 잠시 어깨가 움츠러들었던 점소이는 얼굴에서 사라졌던 미소를 다시 머금고 재빨리 말했다.

"안 된다니까요. 객잔 안은 손님들이 많으니 불쾌하게 느끼실 수도 있습니다. 그러니 여기서 조금만 더 기다리시면……."

하지만 점소이의 이야기는 도중에 끊겼다.

"말귀를 영 못 알아듣는군!"

개방의 방도가 점소이의 멱살을 움켜쥐었다.

쿠당탕!

그리고 점소이의 자그마한 신형이 요란한 소리와 함께 바닥을 뒹굴었다.

"우리는 개방의 방도들이다."

그 모습을 확인하고서 노기를 띤 채 자리에서 일어나던 몇몇의 장한들이 개방이라는 이름을 듣고 주춤했다.

하지만 이들은 강호에 몸담고 있는 자들이 아니었다.

"아무리 개방의 방도라고 하더라도 너무한 것 아닌가?"

"무고한 사람을 이리 핍박하는 법이 어디 있소?"

점소이를 바닥에 뒹굴게 만든 뒤에도 형형한 눈빛을 뿌리고 있는 개방의 방도들에게 소리쳤다.

"죽고 싶은가?"

"아니. 그런 게 아니라……."

"감히 개방의 행사를 방해하겠다는 뜻으로 해석해도 될 듯싶은데……."

개방이란 거대 방파가 가지는 이름의 무게는 생각보다 훨씬 컸다.

멱살을 움켜쥘 기세로 일어났던 장한들 대부분이 엉거주춤한 자세로 서 있다가 다시 자리에 앉았다.

그 모습을 확인한 개방 방도들의 눈빛이 사납게 변했다.

"강호의 질서가 뒤흔들릴 정도로 엄청난 사건이 터졌소. 최대한 빨리 상황을 수습하는 것이 우리 개방의 역할. 조금 불편하더라도 이해해 주시오."

　내용은 예의를 갖추고 있었지만 그 말을 꺼내는 개방 방도들의 말투는 무척이나 위압적이었다.

　그리고 그것에 불만을 품은 한 명의 장한이 결국 참지 못하고 다시 입을 뗐다.

　"강호에 큰일이 터진 것과 우리와 무슨 상관이 있소? 우리는 강호인도 아닌데."

　"지금 뭐라고 했소?"

　"사실 틀린 말은 아니지 않소? 개방이면 다요? 아무런 상관도 없는 우리에게 이래라저래라 할 권리가 있느냐는 말이오. 게다가 아무 죄도 없는 저 점소이에게 폭력까지 행사하는 것이 옳단 말이오?"

　조금은 격앙된 목소리였지만 장한의 말은 조리가 있었다.

　최대한 흥분을 가라앉힌 채 조목조목 따지며 꺼낸 말은 틀린 부분이 없어 개방 방도들이 할 말을 잃게 만들었다.

　"아까도 말했지만 더 이상 길게 말할 시간이 없소. 우리로선 그런 불평까지 들어줄 여유가 없소."

　"불평이 아니라 사실……."

　"무슨 말을 하고 싶은지는 알지만 입을 다물고 있는 편이 좋을 것이오. 어차피 금방 끝날 테니까."

　와락.

　다시 뭔가를 말하려는 장한의 멱살을 개방의 방도가 거칠게 틀어쥐었다.

그리고 무공을 익힌 개방 방도의 움직임을 일개 상인에 불과한 장한이 피할 수 있을 리 없었다.

더구나 살기를 담은 개방 방도의 안광을 코앞에서 마주한 장한은 다리에 힘이 풀린 듯 비틀거리며 바닥에 털썩 주저앉았다.

"불만이 있는 사람이 더 있소?"

"다시 한 번 말하지만 이것은 개방의 행사요. 그리 오래 걸리지는 않을 테니 잠시만 협조하면 돼오."

개방의 방도들이 다시 위압적인 말투로 말했다.

그리고 그들의 위세에 눌린 객잔 안의 인물들은 비록 불만이 가득한 표정을 짓고 있었지만 더 이상 입을 열지 못했다.

그제야 만족스런 표정을 지은 채 개방의 방도들은 객잔 안에 있는 자들의 얼굴을 살피기 시작했다.

그런 개방의 방도들의 행태가 무척이나 마음에 들지 않았지만 진가흔은 앞으로 나서지 않았다.

괜한 시빗거리를 만들어봤자 좋을 것이 없다는 생각에 만두를 다시 입으로 가져가던 진가흔이 얼굴을 찡그렸다.

코끝을 찌르고 있는 악취.

개방의 방도에게서 풍기는 악취는 지독했다.

그래서 만두를 내려놓고 진가흔이 고개를 들자 개방의 일결제자가 내려다보고 있는 시선과 마주쳤다.

그 순간 개방 방도의 두 눈을 스치고 지나가는 기광.

'뭐지?'

객잔 안의 다른 이를 살필 때와는 달랐다.

씨익.

희미하게 말려 올라가는 입꼬리가 기분 나쁜 느낌을 전하고 있었다.

그리고 엄습하는 정체를 알 수 없는 불안감.

"이름이 뭐지?"

하지만 변하지 않는 사실은 있었다.

진가흔은 개방의 방도에게 추궁당할 이유가 없었다.

"이름을 밝혀야 할 이유가 있소?"

"당연하다."

거만한 표정을 지은 채 개방의 방도가 꺼내고 있는 '당연하다'는 말이 진가흔의 심기를 불편하게 만들었다.

그가 알고 있는 개방은 비록 거지들이 모여 만든 단체라 하나, 옳고 그름을 알고 예를 아는 곳이었다.

하지만 지금의 행태는 진가흔이 알고 있던 개방의 모습과 달라도 너무나 달라 거부감을 불러일으켰다.

"당신이 개방의 방도라서? 개방의 방도라면 아무 죄도 없는 사람을 몰아세우고 추궁할 권리가 있는 것이오? 내가 알기로 그런 권리는 개방의 방주라 하더라도 없소. 내 말에 틀린 것이 있소?"

"말을 돌려 요점을 흐리려 하지 마라. 네가 그리 떳떳하다면 이름만 밝히면 끝나는 것이니까."

"밝히고 싶지 않소."

"이번 일은 무림맹주님의 허락이 떨어진 사안이다."

"무림맹주가 허락한 일이다? 증거라도 있소?"

"그건……."

"설령 무림맹주가 허락을 했다 하더라도 난 응할 생각이 없소. 내게는 그럴 의무가 없으니까."

진가흔이 기죽지 않고 대답하자, 설전을 벌이고 있던 개방 방도의 숨소리가 거칠어지기 시작했다.

그리고 그 설전을 듣던 나머지 한 명의 방도가 곁으로 다가왔다.

위협이라도 하듯 내려다보고 있는 두 명의 개방 방도를 살피던 진가흔은 위축되지 않고 어깨를 쭉 편 채 다시 입을 열었다.

"다정기협 소연신이 죽었다는 소식은 들었소. 하지만 나와는 아무 상관이 없소. 듣기로 흉수는 살수라고 하던데 나는 살수가 아니오."

당당한 목소리로 꺼낸 진가흔의 대답.

그러나 그 대답을 듣고서 개방의 방도들의 눈빛은 더욱 강렬해졌다.

"더욱 의심스럽군. 소연신 대협의 죽음에 관련된 사항은 기밀 중의 기밀. 살수의 소행이라는 말은 밖으로 새어나간 적이 없다. 그런데 네놈이 어떻게 알고 있지?"

"정체를 밝혀라. 그렇지 않다면 강제로 끌고 갈 수밖에 없다."

두 명의 개방 방도가 꺼낸 이야기들을 듣자 쓴웃음이 새어나왔다.

극비?

기밀?

웃기는 소리였다.

강호인이 아니라 객잔에서 식사를 하고 있는 일반 사람들까지 모두 알고 있는 마당에 극비이니 기밀이니 하는 말은 개가 웃을 소리였다.

"뭔가 오해가 있을 겁니다."

"그렇습니다. 편일장에서 일하고 있으니 신분도 확실합니다."

그때였다.

개방 방도들과 진가흔 사이의 분위기가 심상치 않음을 느낀 조방과 황일이 사이게 끼어들었다.

두 장한은 어떻게든 분위기를 수습하기 위해 나름 애를 쓴 것이었지만 상황은 그들의 예상과 전혀 다르게 흘러갔다.

"방금 편일장이라고 했나?"

"그렇습니다."

“네, 다른 곳도 아닌 편일장입니다.”

조방과 황일이 앞다투어 대답하는 것을 듣고서 개방의 방
도들이 서로를 마주 보며 눈빛을 교환하기 시작했다.

눈빛을 교환한 후 희미하게 고개를 끄덕이는 개방의 방도
들이 허리에 걸려 있던 몽둥이로 손을 가져갔다.

그리고 그것을 놓칠 진가흔이 아니었다.

“너는 우리와 함께 가야겠다.”

“순순히 따라오는 편이 좋을 것이다.”

끼이익.

마치 죄인 취급을 하며 개방의 방도들이 내뱉는 말을 들으
며 진가흔이 탁자를 슬쩍 앞으로 밀었다.

행여 싸움이 벌어질지도 모른다는 생각에 운신의 편리를
위한 준비를 마친 진가흔이 잠시 고민했다.

지은 죄가 없으니 진가흔은 떳떳했다.

그리고 그것을 증명할 자신도 있었다.

다정기협 소연신의 죽음에 대해서 자세한 것까지는 몰라
도, 하루 이틀 상간에 벌어진 것은 거의 확실한 상황.

그 이틀 사이의 자신의 행적에 대해서는 증언해 줄 이들이
충분했으니까.

그런데 불길했다.

이들의 뒤를 순순히 따라가서는 안 된다는 직감이 들었다.

만약 이들의 뒤를 순순히 따라갔다가는 결백을 증명할 기

회 따위는 주어지지 않고 그대로 마무리되어 버릴지도 모른
다는 불안감이 깃들었다.
　그래서 진가흔은 고민에 휩싸였다.

　"떠나세요. 가능한 한 멀리."

　그 순간 환청처럼 들려오는 한마디.
　연자경의 목소리였다.

　"다른 것은 생각하지 마세요. 딱 하나만 생각하세요. 일단 살
아남아야만 후일을 도모할 수 있다는 것!"

　이어지는 한마디.
　이번에는 황두호의 투박한 목소리였다.

　"그전에 죽지 마. 어쩔 수 없이 네 목숨을 취해야 한다면 다른
사람의 손에 맡기고 싶지는 않아."

　그리고 마지막 한마디.
　귀수의 차가운 목소리까지 들려오자 진가흔은 결정을 내
렸다.
　개방 방도들의 뒤를 순순히 따라가지 않기로.

연자경과 황두호, 그리고 귀수까지.

그들을 만난 후 전해지던 정체를 알 수 없던 불길한 예감이 서서히 실체를 드러내며 진가흔의 목덜미를 조여오고 있었다.

'생각은 길게, 하지만 행동으로 옮기는 것은 순식간에.'

더 이상 망설일 틈이 없었다.

보이지 않는 끈끈하고 강력한 그물이 점차 포위망을 좁혀오고 있는 상황에서 망설임은 화를 부를 뿐이라는 사실을 진가흔은 알고 있었다.

"난 너희들을 따라갈 이유가 없어."

다시금 눈빛을 교환하는 개방의 방도들.

그들이 허리에 걸려 있는 몽둥이를 꺼내 드는 순간, 진가흔도 탁자를 걷어차며 신형을 일으켰다.

강호의 일절로 알려진 개방의 타구봉법은 무섭다.

원체 이리저리 돌아다니는 일이 많은 개방도들인만큼 여러 가지 잡다한 무공을 많이 익히지만 특히 개를 두드려 잡는다는 뜻의 타구봉법은 절기로 알려져 있다.

하지만 지금 눈앞에 있는 두 명의 개방도는 일결제자에 불과했고, 제대로 된 타구봉법을 익히고 있을 리 만무했다.

부우웅!

요란한 파공음과 함께 머리 위를 스치고 지나가는 몽둥이에 실린 위력은 결코 가볍지 않았다.

제대로 얻어맞는다면 어디 한 군데는 부러질 정도의 위력이 담겨 있었다.

그렇지만 진가흔이 보기에 이들의 무공 수위는 갓 백의개를 벗어난 일결제자답게 그리 높지 않았다.

슬쩍 고개를 숙여 몽둥이를 피하자 기다렸다는 듯이 아래로 떨어져 내렸다.

일견하기에는 무척이나 적절한 대응처럼 보였지만 초식과 초식을 전환하는 연결이 매끄럽지 않았다.

그래서 커다란 허점을 드러냈다.

뜻은 있으나 몸이 제대로 따르지 못하는 경지.

그리고 그 허점을 놓칠 진가흔이 아니었다.

속전속결.

상대를 제압할 마음을 먹은 이상, 망설일 필요는 없었다.

결심을 굳힌 진가흔이 눈을 빛냈다.

떨어져 내리는 몽둥이가 머리에 닿기 전에 개방 방도의 코앞까지 접근한 진가흔이 비어 있는 가슴을 오른손으로 후려쳤다.

가슴을 얻어맞은 개방의 방도가 뒤로 물러나는 것과 동시에 따라붙은 진가흔은 혈도를 제압했다.

뻣뻣하게 굳어버린 개방 방도의 신형.

그 모습에 놀란 나머지 한 명의 개방 방도가 진가흔의 등을 노리고 몽둥이를 휘둘렀지만, 이미 예상하고 있었다는 듯 진가흔은 좌로 한 걸음 움직여 그 공격을 흘리며 팔꿈치를 휘둘렀다.

퍼억!

팔꿈치에 얼굴을 가격당한 개방의 방도는 비명 소리도 제대로 내지 못하고 그대로 쓰러졌다.

그리고 간단히 두 명의 개방 일결제자를 제압했지만, 진가흔의 표정은 조금도 밝아지지 않았다.

'대체 왜?'

수많은 의문으로 복잡하기만 한 머릿속.

하지만 지금 이곳은 계속 생각에 잠겨 있기에 결코 안전한 곳이 아니었다.

강호에서 가장 많은 방도를 가진 문파가 바로 개방.

길을 다니다 보면 만날 수 있는 거지들 중 태반이 개방에 속해 있다고 해도 과언이 아니었다.

그리고 설령 개방에 속해 있지 않다 하더라도 어떤 식으로든 개방과 연관이 되어 있다고 봐야 했다.

지금은 일결제자 둘뿐이었지만 언제 이곳으로 개방의 거지들이 몰려들지 알 수 없었다.

우선은 여기를 벗어나는 것이 급했다.

놀란 표정을 짓고 있는 객잔 안의 손님들에게 쓴웃음을 지어준 다음, 진가흔은 서둘러 객잔 밖으로 벗어났다.

하지만 밖으로 나오고 나니 막상 갈 곳이 없었다.

객잔, 기루, 고서점, 포목점.

고개를 들자 보이는 곳들 중 무심코 다른 객잔 안으로 들어서려던 진가흔이 고개를 흔들었다.

하륜객잔으로 개방의 일결제자들이 찾아온 것으로 보아 다른 객잔도 수색하고 있을 것이 틀림없었다.

지금 객잔 안으로 들어서는 것은 무모했다.

'기루?

그리고 기루 쪽으로 시선을 던졌던 진가흔이 다시 한 번 고개를 흔들었다.

기루라고 해서 크게 다를 바가 없었다.

아직은 대낮.

아무리 주색잡기에 빠진 인간이라도 대낮부터 기루에서 술을 퍼마시지는 않는다.

당연히 지금 기루의 문은 잠겨 있을 것이고, 억지로 문을 두드리고 안으로 들어간다 하더라도 이상하게 보일 것은 자명했다.

그래서 포목점으로 고개를 돌렸던 진가흔이 결국 들어선 곳은 고서점이었다.

적지 않은 손님들로 북적이고 있는 포목점과 달리 고서점은 주인처럼 보이는 노인을 제외하고는 아무도 보이치 않았다.

"특별히 찾는 책이 있는가?"

족히 일흔은 넘어 보이는 얼굴에 주름이 가득한 노인이 오래된 고서를 읽다가 슬쩍 고개를 들어 안으로 들어서는 진가흔을 바라보았다.

"특별히 찾는 책은 없습니다. 좀 살펴보겠습니다."

"그리하시게."

진가흔의 대답이 흘러나오자 노인은 더 이상 관심을 보이지 않고 다시 읽고 있던 고서 쪽으로 고개를 떨어뜨렸다.

아무도 없는 고서점의 가장 깊숙한 곳까지 들어간 진가흔은 책장에 꽂혀 있는 책 중 한 권을 꺼내 들고 바닥에 주저앉았다.

소녀경.

하필 빼낸 것이 소녀경이라서 책을 펼치자 적나라한 그림이 드러났지만 진가흔은 그 그림들에 시선을 빼앗길 여유가 없었다.

생각을 정리하기에도 시간이 빠듯했다.

그리고 가장 먼저 떠오른 단어는 누명이었다.

'설마 이것이었던가?

꿈에도 예상치 못했다.

다정기협 소연신은 차기 무림맹주로 내정된 엄청난 거물이었다.

그런 그가 암습으로 죽은 것은 대사건이었고, 설마 그를 죽인 범인으로 누명을 쓰게 될 줄이야.

절망이 어깨를 짓눌렀다.

이건 짐작했던 것보다 훨씬 더 나빴다.

아니, 최악이라 해도 과언이 아니었다.

가슴이 답답해서 절로 한숨이 흘러나왔다.

그리고 시간이 흘러 어느 정도 안정이 되자 다음으로 든 생각은 왜 하필 자신일까 하는 것이었다.

다정기협 소연신.

그는 분명 엄청난 거물이었지만, 진가흔과는 일면식도 없는 사람이다.

당연히 은원이 얽힐 리가 없었다.

그런데 왜 평생 동안 살면서 얼굴 한 번 마주친 적이 없는 사람을 죽인 사람으로 오해받는 걸까?

'단순한 착오?'

가능성이 있었다.

세상에는 수많은 사람이 있는 만큼 닮은 사람도 부지기수일 터이다.

대체 다정기협을 죽인 자가 누구인지는 몰라도 어쩌면 자신과 닮은 사람일지도 모른다는 생각이 들었다.

그러나 그 생각은 한 가지 간과한 것이 있었다.

'편일장!'

진가흔은 기억하고 있었다.

편일장에 대한 이야기가 나왔을 때 개방 일결제자들의 두 눈에 확신의 빛이 어렸다는 사실을.

"알고 있었어."

어쩌면 서 장주는 이미 진가흔이 소연신을 죽인 범인으로 몰린다는 사실을 알고 있었던 것이 아닐까?

처음의 의심은 어느새 확신으로 변했다.

그리고 곧 서 장주를 만나야 한다는 결론에 도달했다.

이 모든 상황에 대해서 완전히 설명해 줄 수 있는 인물은 서장주뿐이라는 생각이 들었다.

"일단 편일장으로 돌아가야 해!"

대충 펼쳐 놓고 있던 책을 덮고서 원래 자리에 꽂은 뒤 고서점 밖으로 나가려던 진가흔이 멈칫했다.

슬쩍 고개를 들어 고서점 밖을 바라보니 어슬렁거리면서 걸어 다니고 있는 거지들의 모습이 보였다.

허리에 걸려 있는 매듭까지는 보이지 않았지만 주변을 날카로운 시선으로 살피고 있는 것으로 보아 개방의 거지들이 틀림없었다.

'내 얼굴을 알고 있는데.'

편일장까지의 거리는 약 오 리.

평소라면 얼마 되지 않는 거리였지만 지금은 무척이나 멀게 느껴졌다.

삼삼오오 짝을 지어 돌아다니고 있는 거지들의 수는 많았

고, 편일장까지 가다 보면 거지들의 눈에 띌 것이 틀림없었
다.

　"내 마지막 선물까지 받을 수 없다는 고지식한 말은 하지 말
게."
　"하지만……."
　"분명 필요할 때가 있을 걸세. 그때가 되면 사용하도록 하게."

　잠시 고민하던 진가흔의 기억 속에 불현듯 편일장을 떠나
기 전 서 장주와 함께 마지막으로 나누었던 대화가 떠올랐다.
　그와 함께 어떤 직감이 떠올랐다.
　품속을 뒤져 섭아영의 피로 붉게 변색되어 있는 봉투를 꺼
내 들었다.
　무려 황금 백 냥짜리 표물!
　하지만 서유림은 진가흔에게 선물이라는 명목으로 이 표
물을 건넸다.
　'어쩌면 서 장주는 이미 이런 상황까지 예측했던 것이 아
닐까?
　서유림이 말한 그때가 왠지 지금이 아닐까 하는 생각이 들
었다.
　그래서 진가흔은 조심스런 손길로 봉투를 벌렸다.
　그 봉투 속에 든 것은 하나의 서찰!

“취몽루(醉夢樓)?”

그리고 그 서찰 위에는 아무런 설명도 없이 취몽루라는 세 글자만이 적혀 있었다.

‘이게 황금 백 냥짜리 표물이란 말인가?’

의아함이 밀려들었다.

하지만 지금의 그에게는 그에 대해 깊이 생각할 틈조차도 없었다.

하얀 종이 위에 급히 휘갈겨 쓰여 있는 취몽루라는 세 글자를 확인한 순간, 진가흔은 확신할 수 있었다.

서유림은 뭔가 알고 있다는 사실을.

暗帝血路 암제혈로

“찾으려던 책은 찾았는가?”

멍하니 서 있던 진가흔은 갑작스레 흘러나온 고서점 주인의 질문을 듣고서 당황한 표정으로 고개를 들었다.

그리고 곧 눈을 반짝였다.

노인이 앉아 있는 뒤편의 벽에 걸려 있는 죽립이 눈에 들어왔다

죽립을 쓴다면 얼굴을 가리기에는 충분할 터.

개방의 거지들이 길을 막고 죽립을 벗기지만 않는다면 얼굴이 드러나지 않고 취몽루까지 갈 수 있었다.

물론 위험 부담이 있기는 하지만 얼굴을 드러내 놓고 움직

이는 것에 비해서는 훨씬 나은 방법이었다.

"찾았습니다."

"가져오시게."

말없이 고개를 끄덕인 진가흔은 책을 내미는 대신 노인의 뒤편에 걸려 있던 죽립을 벗겨서 앞으로 내밀었다.

"이건……."

"필요해서 그러니 저에게 파십시오. 사례는 충분히 하겠습니다."

이미 낡은 죽립이었지만 지금의 진가흔에게는 그 무엇보다 필요한 것이었다.

노인이 어떤 대답을 꺼내기도 전에 진가흔이 품을 뒤졌다.

그리고 서둘러 품속을 뒤지던 진가흔은 가지고 있던 은자를 꺼냈다.

은자 열 냥.

적은 돈은 아니었다.

아니, 낡을 대로 낡은 죽립 하나의 값으로는 과해도 너무 과한 돈이었다.

하지만 아깝다는 생각이 들지는 않았다.

지금 진가흔에게는 그 무엇보다 이 죽립이 필요했으니까.

"이 정도면 사례로 충분할 겁니다."

별 희한한 사람을 다 보겠다는 듯한 표정을 지은 채 앉아 있던 주인이 엉겁결에 진가흔이 내민 은자 열 냥을 받았다.

“이보게.”

그리고 크게 숨을 들이쉬고 진가흔이 고서점 밖으로 나가려 할 때, 주인이 진가흔을 다시 불렀다.

“부족하십니까?”

“그게 아니라… 이걸로 가져가게.”

고서점 주인의 손에 들린 것은 산 지 얼마 지나지 않은 듯 보이는 새 죽립이었다.

“괜찮습니다.”

“하지만…….”

“지금 제게 가장 필요한 것은 그 무엇도 아닌 이 낡은 죽립입니다. 이 낡은 죽립 하나에 제 목숨이 걸려 있으니까요.”

고서점 주인이 다시 고개를 갸웃했지만 진가흔은 쓴웃음만을 남긴 채 고서점 밖으로 걸음을 옮겼다.

진가흔이 편일장에서 일하게 된 계기는 연화 노인 때문이었다.

당시 진가흔은 하남에 있지 않았다.

청해성에 있는 자그마한 흑도 문파인 호룡문(虎龍門)에 몸을 담은 채 하루하루 시간을 보내고 있었다.

만족하지는 않았지만 그렇다고 특별히 불편함도 느끼지 않은 시간이었다.

어쩌면 당시의 진가흔은 쉬고 싶었던 건지도 몰랐다.

　진짜 실력은 감춘 채 적당한 실력만 드러내며 호룡문에서
지낸 지 육 개월이 지났을 무렵, 연화 노인이 찾아왔었다.

　예고도 없이 불쑥 찾아온 연화 노인을 보며 대체 이곳에 있
는 것을 어떻게 알아냈을까 하는 의문이 들었지만 묻지는 않
았다.

　그리고 연화 노인은 다짜고짜 함께 가자고 말했다.

　편일장에서 함께 일하자는 연화 노인의 제안.

　편일장이라는 곳에 대해서 아는 것도 없었고, 대체 그곳에
서 무슨 일을 하게 되는지도 몰랐지만 의심하지는 않았다.

　진가흔에게 있어 연화 노인은 그런 존재였다.

　아주 오래전의 상처였지만 진가흔의 아픈 상처를 유일하
게 알고 있었고, 진가흔이 방황하는 이유를 알고 있는 유일한
사람이기도 했다.

　어떻게 보면 혈육인 할아버지보다도 더욱 의지하던 사람
이었다.

　그래서 거절할 수가 없었다.

　그리고 연화 노인의 손에 이끌려 찾아간 곳에서 편일장의
장주인 서유림을 처음으로 만났다.

　"자네로군. 얘기는 많이 들었네."

　둔덕한 살집 때문일까.

　씨익 웃고 있는 서유림은 눈동자가 보이지 않을 정도로 눈
이 작았다.

그리고 사람 좋아 보이는 웃음을 지은 채 처음 만나는 진가
흔을 바라보던 서유림은 제안했다.

“비음조에서 일하게.”

아무것도 묻지 않았다.

진가흔을 만나기 전부터 미리 작정하고 있었던 듯 비음조
에서 일하라는 말을 단도직입적으로 던졌다.

“그렇게 하지요.”

당시의 진가흔은 비음조가 대체 무엇을 하는 단체인지도
몰랐다.

하지만 진가흔이 별다른 고민도 하지 않고 대답하자 서유
림도 고개를 끄덕이며 만족스런 표정을 지었었다.

그러나 서유림의 결정에 반대한 것은 뜻밖에도 연화 노인
이었다.

“너무 이르네.”

웃고 있는 서유림을 향해 연화 노인은 타이르듯 말했지만,
서유림도 자신의 고집을 꺾지 않았다.

“이를 것이 뭐가 있습니까? 이제 열여덟밖에 되지 않은 화
영이도 비음조에서 제 몫을 해내고 있지 않습니까?”

“그건 그렇지만 가흔이는 화영이와는 다르네.”

“다르다니 대체 어떤 점이 다르다는 말씀이십니까?”

“약하네!”

연화 노인은 정색한 채 대꾸했다.

‘약하지 않습니다!’

그리고 서유림과 연화 노인 사이에 흘러나오고 있는 이야기를 듣던 진가흔은 불쑥 튀어나오려 했던 그 말을 억지로 삼켰다.

“자네는 약한가?”

그런 진가흔에게 서유림은 빙긋 웃으며 질문을 던졌다.

“신법은 제대로 배웠습니다.”

“신법이라면 도망치는 기술 아닌가?”

신법을 도망치는 기술이라고 단정할 수 있을까.

제대로 된 무인이 들었다면 코웃음을 칠 얘기였다. 그리고 그 질문을 들으며 진가흔은 서유림이 무공을 익힌 적이 없는 상인이라고 생각했었다.

“틀린 말은 아니지요.”

쓴웃음을 지은 채 진가흔이 대답을 꺼내자 서유림은 손뼉까지 치면서 만족스런 웃음을 터뜨렸다.

“그럼 된 것이 아닙니까? 신법에 자신이 있다고 하니 적어도 죽을 염려는 없지 않겠습니까?”

그리고 이상할 정도로 고집을 피우던 서유림의 의견에 연화 노인도 더는 반대하지 못하고 수긍했다.

“어쩌면 자네가 비음조의 마지막 조원이 될지도 모르겠군.”

진가흔의 어깨를 두드리며 꺼내던 서유림의 마지막 한마디.

　그때는 별다른 의미가 담긴 말이 아니라고 생각했다.

　하지만 지금 돌이켜 생각해 보니 그 당시에 서유람이 꺼냈던 말조차도 새삼스럽게 다가오고 있었다.

　'이미 서 장주는 그때부터 알고 있었던 것이 아닐까?

　어쩌면 지나친 비약이라는 생각이 들었다.

　하지만 고서점의 주인에게서 빌린 죽립을 깊숙이 눌러쓴 채 걸음을 옮기고 있는 진가흔은 자꾸만 그런 생각이 들었다.

　그래서 취몽루로 향하고 있는 발걸음이 더욱 빨라졌다.

　취몽루에 도착하면 서유림을 만날 수 있을 것이고, 그때는 지금 벌어지고 있는 상황에 대한 설명을 들을 수 있을 터였다.

　"잠깐 멈추시오."

　걸쭉한 목소리.

　코끝으로 전해지고 있는 지독한 악취를 느끼며 진가흔이 얼굴을 찌푸렸다.

　'개방도 이결제자!'

　비록 죽립을 들어 올리고 눈으로 확인하지는 않았지만 지독한 악취만으로도 개방도라는 것은 눈치챌 수 있었다.

　그리고 허리에 걸려 있는 두 개의 매듭을 확인하고서 진가흔은 입안이 바짝 마른다는 느낌을 받았다.

　개방에서 서열을 표시하는 방법은 허리에 걸려 있는 매듭이었다.

물론 처음부터 매듭을 얻는 것은 아니었다.

처음 개방에 입문한 방도에게는 매듭이 주어지지 않는다.

이때의 개방도를 가리켜 백의개라 하고, 입문한 뒤 삼 년의 시간이 흘러야 비로소 매듭이 하나인 일결제자가 될 수 있다.

그리고 일결과 이결제자를 일컬어 개목이라 하며, 개방의 방도 중 대부분이 개목이라 불리는 일결과 이결제자들이다.

일결과 이결제자들 중 자질이 뛰어나고 무공이 출중한 이는 삼결제자가 되고, 이들은 각 지역의 개방도를 이끄는 분타주 역할을 맡는다.

그리고 허리에 걸려 있는 매듭의 수가 많아질수록 서열이 높아지며 칠결 이상은 장로급, 팔결은 후개, 즉 방주의 후계자가 될 자를 이르고, 구결은 용두방주라 불리는 개방의 방주 신분을 뜻했다.

"무슨 일이오?"

'이결제자 하나와 일결제자 하나.'

최대한 자연스럽게 대꾸하며 서둘러 주위를 살폈다.

운이 좋은 걸까.

다행히 주위에 다른 개방도들의 모습은 보이지 않았다.

"어딜 그리 급히 가시오?"

"집안에 급한 우환이 생겼다는 전갈을 들어서 걸음을 서두르고 있었소. 그러니 어서 길을 열어주시오."

"집안에 우환이 생겼다?"

진가흔이 지그시 입술을 깨물었다.

길을 열어달라고 부탁했지만 눈앞에 서 있는 두 명의 개방 방도는 그럴 생각이 없는 듯 보였다.

"죽립을 잠시만 벗어보시오."

제발 죽립을 벗으라는 말만 하지 않기를 바랐건만 진가흔의 기대는 빗나갔다.

그리고 의심이 깃든 목소리를 듣고서 진가흔은 고민에 빠졌다.

지금 진가흔이 서 있는 곳에서 취몽루까지는 불과 이 리도 떨어져 있지 않았다.

이 길을 따라 쭉 걸어가다 모퉁이를 왼쪽으로 돌기만 하면 세 번째 건물이 바로 취몽루였다.

하지만 개방도들이 순순히 보내줄 리 만무했다.

죽립을 벗는다면 당장에 진가흔을 알아보고 끌고 가려 할 것이 틀림없었다.

'제압하는 수밖에는 없는가?

앞을 가로막고 있는 개방도를 제압하는 것 이외에는 마땅히 다른 좋은 방법이 떠오르지 않았다.

진가흔이 자신있는 것은 신법.

최대한 빠르게 이들을 제압하고 신법을 펼친다면 다른 개방의 방도들과 부딪치지 않고 취몽루로 들어가는 것이 불가능할 것 같지는 않았다.

"이유가 뭐요?"

"확인할 것이 있어서 그러니 협조해 주시오."

"대체 무슨 일인지는 몰라도 지나가는 사람을 세워놓고 다짜고짜 죽립을 벗으라고 하는 것은 너무 지나친 처사가 아니오?"

눈치채지 못하게 내력을 끌어올리며 진가흔이 항의하듯 말했다.

"말이 많다. 죽립을 벗으라고 하면 벗을 것이지."

그리고 쉽게 응하지 않는 진가흔을 살피던 일결제자가 짜증 섞인 눈길로 쏘아보며 언성을 높였다.

멱살을 잡을 기세로 다가오는 일결제자의 오른손을 확인하고 진가흔이 뒤로 한 걸음 물러날 때였다.

"그만두지 못하겠느냐!"

이결제자가 먼저 팔을 뻗어 제지했다.

"아무리 상황이 급하다고 하나 강호와 상관이 없는 일반인들을 이리 핍박해서야 되겠느냐? 행동에 신중을 기하도록 해라."

진가흔을 향해 손을 뻗던 일결제자가 움찔하며 한 걸음 물러났다.

그리고 따끔하게 한마디를 던져 훈계한 이결제자는 진가흔을 향해 미안한 표정을 지으며 말했다.

"사안이 사안이다 보니 마음이 너무 급해졌다는 사실을 인정하겠소. 정중하게 사과드릴 테니 잠시만 협조해 주시오."

"미안하오."

"끝내 협조할 수 없다는 뜻이오?"

"그런 것이 아니오."

"그렇다면?"

"어쨌든 미안하오."

잠시 고민하는 표정이 어렸지만 진가흔은 결심을 굳혔다. 다시 한 번 미안하다는 말을 던지며 진가흔이 번개같이 손을 뻗었다.

그가 노린 것은 상대의 마혈.

설마 진가흔이 먼저 공격을 펼칠 것이라고는 예상하지 못하고 있던 이결제자는 제대로 반항 한번 해보지 못하고 마혈을 내주었다.

"이게……."

당황한 표정으로 소리를 지르려는 그의 아혈까지 짚어버린 진가흔은 한 걸음 앞으로 내디뎌 남아 있던 일결제자와의 거리를 좁혔다.

그제야 상황이 심상치 않음을 느낀 그가 허리에 걸려 있던 몽둥이로 손을 가져갔지만 그때에는 이미 진가흔과의 거리가 반걸음도 남아 있지 않을 정도로 좁혀진 후였다.

몽둥이는 한 번 휘둘러 볼 틈도 없이 진가흔의 오른쪽 팔꿈치가 개방도의 가슴에 틀어박혔다.

“크윽.”

미약한 신음 소리.

두 눈을 부릅뜨고 진가흔을 노려보던 일결제자가 그대로 바닥으로 쓰러지는 것을 확인한 진가흔이 눈을 빛냈다.

그리고 즉시 신법을 펼치기 시작했다.

풀썩.

개방의 일결제자가 바닥으로 힘없이 무너지는 소리를 들으며 진가흔의 시선은 관도 곳곳을 살피고 있었다.

여전히 개방도로 보이는 거지는 눈에 띄지 않았지만, 안심할 수는 없었다.

세상에는 보이는 눈보다 보이지 않는 눈이 더 무서운 법이었다.

더구나 혈도를 제압당해 움직이지도 못하고 소리를 지르지도 못한 채 눈만 이리저리 굴리고 있는 자와 기절한 채 바닥에 쓰러져 있는 개방 방도들이 관도에 있는데 눈에 띄지 않을 리가 없었다.

‘치울까?’

잠시 고민했지만 이내 고개를 흔들었다.

마땅히 이들을 숨길 만한 곳도 없었다.

더구나 그때, 개방의 방도들이라도 들이닥친다면 낭패도 그런 낭패가 없었다.

진가흔으로서는 최대한 늦게 발견되기만을 바라며 신형을

날렸다.

　사람들의 왕래가 많은 관도에서 신법을 펼치는 것이 그다지 내키지는 않았지만 다급한 상황이 주저하는 마음을 사라지게 만들었다.

　먼지를 일으키며 질주하는 진가흔의 신형은 머지않아 취몽루의 앞까지 도달할 수 있었다.

　도중에 마주친 개방도로 보이는 거지 두 명의 의심스런 눈빛을 보내는 것이 느껴졌지만, 죽립을 눌러쓴 채 멈추지 않고 계속 신법을 펼쳤다.

　끼이익.

　취몽루의 앞에 도달한 뒤 닫혀 있는 목재 대문을 힘주어 밀자, 미리 열어두었던 듯 별다른 저항 없이 열렸다.

　마지막으로 주변을 살펴 아무도 없다는 것을 확인한 진가흔이 반쯤 열려 있는 취몽루의 정문으로 몸을 밀어 넣었다.

　그리고 간신히 취몽루의 안으로 들어선 진가흔을 기다리고 있는 것은 병기를 꼬나들고 있는 수십 명의 장한이었다.

＊　　　＊　　　＊

　"물을 뿌려라!"
　노기가 잔뜩 실린 여문경의 목소리를 듣고서 아직 허리에 매듭이 없는 백의개 하나가 바가지에 담겨 있던 물을 뿌렸다.

"끄응."

그리고 차가운 물이 얼굴에 닿자 관도 한가운데에 쓰러져 있던 일결제자인 허음길이 신음성을 흘리며 정신을 차렸다.

상황 파악이 쉽게 되지 않는 듯 머리를 세차게 흔들고 있던 허음길은 차가운 시선으로 내려다보고 있는 여문경의 얼굴을 확인하고서야 당황한 표정을 지었다.

"분타주님!"

가슴을 부여 쥔 채 힘겹게 몸을 일으킨 허음길이 서둘러 여문경에게 고개를 숙였지만, 여문경의 시선은 그를 바라보고 있지 않았다.

노기 어린 여문경의 시선은 마혈과 아혈이 짚인 채 꿈쩍도 하지 못하고 눈동자만 이리저리 굴리고 있는 전호영에게 향해 있었다.

"보고해!"

"네?"

"아직도 정신을 차리지 못했나? 너희들에게 손을 쓴 자가 누구였는지, 그리고 어떤 무공을 써서 제압했는지, 어느 방향으로 사라졌는지까지 알고 있는 것을 하나도 빠짐없이 보고하란 말이다."

여문경은 개방의 삼결제자.

현재 낙양 분타주 직책을 맡고 있는 자였다.

그런 여문경의 호통을 듣고서 반쯤 정신이 나가 있던 허음길이 부르르 떨며 간신히 입을 떼기 시작했다.

"죽립을 쓰고 있는 자였습니다."

"죽립을 썼다는 말은 얼굴을 보지 못했다는 뜻이로군."

"그렇습니다. 죽립을 벗으라고 명령을 했지만 듣지 않았습니다. 그래서 직접 벗기려는 찰나 그놈이 기습을 했습니다."

"기습이라……. 그래서 피하지 못했다?"

"그게… 워낙에 갑작스러운 공격이라서 부지불식간에 당했습니다."

"그걸 변명이라고 하는 것이냐? 둘이서 한 놈을 감당하지 못했다는 것이 말이 되느냐?"

"죽을죄를 지었습니다."

"흥! 병기를 사용했느냐?"

"아닙니다. 생각해 보니 허리에 검이 걸려 있기는 했지만 사용하지는 않았습니다."

"맨손에 당했다는 소리로군. 얼마나 버텼느냐?"

"그것이… 일 초식도 버티지 못했습니다."

수치심으로 인해서 허음길의 얼굴이 붉게 달아올라 있었지만, 여문경은 지금 일결제자의 심정까지 헤아릴 정도의 여유가 없었다.

"무공의 연원은 알아냈더냐?"

"그것도……."

“하긴 일 초식도 버티지 못했으니 알아낼 수 있을 리가 없지. 멍청한 것들.”

퍼억!

답답한 마음에 거칠게 숨을 내쉬던 여문경이 허음길을 발로 걷어찼다.

그 발길질에 가슴을 얻어맞은 허음길이 볼썽사납게 바닥을 뒹구는 것을 바라보던 여문경은 혀를 내밀어 바싹 마른 입술을 훑었다. 그리고 검지를 들어서 관자놀이 부근을 쿡쿡 눌렀다.

죽립을 쓰고 있어서 얼굴을 확인하지 못했다고 하나 그놈인 것은 틀림없었다.

“젠장!”

벌써 두 번째였다.

코앞에서 놈을 놓친 것이.

원래라면 손쉽게 일을 해결하고 지금쯤은 움막 구석에 앉아서 살이 바짝 오른 개의 뒷다리를 뜯으며 팔자 좋게 드러누워 있어야 했다.

하지만 놈은 생각보다 영리했다.

어떻게 눈치를 챘는지는 몰라도 빠져나간 것으로도 모자라 흔적도 없이 사라져 버렸다.

“아직 아무런 연락도 없나?”

“아직은… 없습니다.”

“무슨 일이 있더라도 찾아. 지금부터 반 시진 내로 그놈을 찾지 못하면 다들 분타로 돌아올 생각도 말라고 전해.”

“알겠습니다.”

잔뜩 얼어붙은 백의개의 대답을 들으며 여문경은 검정색 때 국물이 줄줄 흐르고 있는 손톱을 입으로 가져갔다.

그리고 초조함 때문에 손톱을 잘근잘근 깨물기 시작했다.

불과 한 시진 후에는 개방의 장로인 철혈추괴 육비능과 소안협걸 홍인걸이 도착한다는 전갈이 있었다.

'성격이 괴팍하고 급해서 손에서 피가 마르는 날이 없다고 알려진 철혈추괴 육비능 장로님이 도착하기 전까지 그놈을 잡지 못한다면?

코앞에서 두 번이나 놈을 놓친 것은 누가 뭐라 해도 자신의 실수.

그 실수에 대한 책임을 져야 할 것이 틀림없었다.

차라리 어디 한두 군데 뼈가 부러지는 선에서 끝난다면 다행이겠지만, 이번 사안의 중대성으로 보아 힘겹게 얻은 분타주 자리도 잃을 가능성도 충분했다.

“그런 일이 생길 때까지 기다릴 수는 없지!”

두 눈에서 이글거리는 광망을 뿜어내며 소리를 지르는 여문경이 깨물고 있던 손톱에서 붉은 피가 흘러내리기 시작했다.

　　　　　＊　　　＊　　　＊

　아직 태양이 서산으로 자취를 감추기에는 한참이나 이른 시간이었다.

　고작 미시 말밖에 되지 않았기에 취몽루 내부에는 아무도 없을 것이라 생각하고 문을 열었던 진가흔은 당황했다.

　마치 자신이 들어서기만을 기다렸다는 듯 병기를 들고 서 있는 수십 명의 인물이 살기를 뿜어내고 있었다.

　'함정!'

　취몽루 안으로 들어선 뒤 그들을 마주한 순간, 머릿속을 스치고 지나간 단어는 함정이었다.

　그래서 다시 문을 열고 뒤돌아서려던 진가흔이 멈춘 것은 그들 틈에 서 있는 자들 중 낯익은 인물을 발견하고 난 후였다.

　'이름이……?'

　이름까지는 기억이 나지 않았다.

　하지만 서 장주의 호위무사였다는 것은 확실히 떠올랐다.

　그리고 이름이 떠오르지 않아 고민하는 진가흔의 심정을 눈치챈 듯 사내가 먼저 이름을 밝혔다.

　"유붕이오."

　"……"

　"기다리고 계시오!"

무뚝뚝한 음성이 흘러나왔다.

하지만 어딘가 초조함이 묻어 있는 음성이었다.

"어디에 계시오?"

유붕은 대답하는 대신 눈짓으로 뒤켠에 있는 전각을 가리켰다.

진가흔도 더는 묻지 않고 걸음을 옮겨 사내의 곁은 스쳐 지나갈 때였다.

"반 다경뿐이오."

"반 다경?"

"우리가 벌어줄 수 있는 시간은."

"알겠소."

잠시 멈추었던 걸음을 다시 옮기던 진가흔이 희미하게 고개를 끄덕였다.

이들은 서 장주가 미리 준비해 둔 자들이었다.

자신과 이야기를 할 수 있는 시간을 벌기 위해서 병기를 들고 이곳을 지키고 서 있는 것이었다.

반 다경은 짧은 시간이었다.

하지만 상대는 개방.

구파일방 중 하나인 개방의 저력을 고려한다면 반 다경이라는 시간을 벌어주는 것도 쉽지 않은 일이었다.

'누굴까?'

처음에는 낭인이라 생각했다.

돈만 낸다면 낭인을 구하는 것은 그리 어려운 일이 아니니까.

하지만 이들이 낭인이 아니라는 것은 이들에게서 풍기는 절제된 기도를 느끼고 난 다음이었다.

'낭인들이 아니다. 강해. 오랫동안 함께 훈련받은 자들이야.'

호기심이 일었지만 지금은 한가하게 그것을 캐묻고 있을 시간이 없었다.

아까도 말했지만 반 다경은 결코 긴 시간이 아니었다.

최대한 빨리 서 장주를 만나 조금이라도 많은 것을 알아내야 했다.

그래서 걸음을 서두르던 진가흔이 다시 멈칫했다.

'왜일까?'

또 다른 의문이 떠올랐다.

분명히 서 장주는 그와 이야기를 나눌 시간이 많았다.

결심만 했다면 불과 어제까지 언제라도 그를 부를 수 있었고, 대화를 나눌 시간이 충분했다.

하지만 왜 지금에서야 자신을 만나 이야기를 나누려 하는 걸까 하는 의문이 머릿속을 스치고 지나갔다.

'몰랐다?'

그렇게 하지 않았던 이유는 두 가지밖에 떠오르지 않았다.

우선 서 장주도 몰랐을 가능성이 있었다.

어제 유원표국의 표행을 습격한 것은 특별히 의아한 점이 없었다.

비음조의 일반적인 행사였으니까.

하지만 불과 하루밖에 지나지 않은 오늘 천하오대표국 중 한 군데인 중경표국의 표행을 습격한 것은 분명히 의외라고 할 정도로 무리한 행사였다.

그만큼 급했다는 뜻.

다음으로 생각해 볼 수 있는 것은 감시의 눈초리였다.

편일장 내에 서 장주를 감시하는 자가 있었다면?

그래서 진가혼에게 어떤 말도 할 수 없었던 상황이라면 위험을 무릅쓰고 이곳에서 만나려 하는 그의 행동도 이해가 갔다.

하지만 그렇다 하더라도 여전히 '누가?' 라는 의문이 남았다.

"결국 이 모든 것에 답을 해줄 수 있는 사람은 서 장주뿐이로군."

잠시 망설이던 진가혼이 서 장주가 기다리고 있는 방의 문을 열어젖혔다.

"왔군!"

"시간이 별로 없다고 들었습니다."

"반 다경은 짧은 시간이지만 또한 긴 시간이도 하네. 이야기가 잘 풀린다면 서로가 가진 궁금증을 모두 해소하기에 충분한 시간이지."

서유림은 진가흔에 비해 여유가 있었다.

하지만 평소의 느긋하던 말투와 달리 빨라진 말투는 그도 지금 조급해하고 있다는 것을 알리기에 충분했다.

그리고 진가흔은 슬쩍 고개를 기울였다.

질문은 던지는 것은 자신.

그 질문에 대답하는 것은 서유림.

그렇게 일방적인 상황이 펼쳐질 것이라 생각했는데 서유림은 반 다경이면 서로가 가진 궁금증을 풀 수 있는 시간이라고 말했다.

"자네부터 시작하게."

그래서 의아한 표정을 짓고 있던 진가흔에게 서유림이 먼저 질문하라고 말했다.

그리고 진가흔은 사양하지 않았다.

"누굽니까?"

"그리 말하면 나로서도 알아듣기 힘드네. 좀 더 명확하게 말하게."

"다정기협 소연신을 죽인 자가 누굽니까?"

"몰라."

첫 번째 질문부터 난관에 부딪쳤다.

자그마한 눈을 반개하고 있는 서유림을 노려보았지만, 대답을 꺼내는 그는 아무런 표정의 변화도 없었다.

알고 있는 것을 숨기는 것은 아닌 듯 보였다.

정말 알지 못하기에 모른다고 대답하고 있을 뿐.

"나를 쫓는 자들은 누굽니까?"

"개방, 소림, 화산, 무당, 점창… 이렇게 하나하나 늘어놓다가는 하루가 지나도 끝이 없겠군. 강호 전체라고 해도 과언이 아닐세."

개방만이 아니었다.

'전 강호가 나를 쫓는다?'

다시 말해 강호의 공적이라고 해도 과언이 아니었다.

그 대답을 듣는 순간 입 안이 바싹 말라오는 느낌이었다.

그와 동시에 억울함이 밀려왔다.

'대체 무슨 죄로?'

이유가 궁금했다.

젊은 여인들을 겁간해 정조를 빼앗고 희롱하다 죽인 음적도 아니었고, 남의 문파의 신물이나 비급을 훔친 도적도 아니었다.

평범하게, 그래, 평범하게 살아온 것이 다였다.

"이유가 뭡니까?"

"정녕 모르나?"

"모르겠소."

"그럼 알려주지. 자네가… 다정기협 소연신을 죽였기 때문이네."

진가흔은 자신도 모르게 헛숨을 들이켰다.

설마 하고 있었던 이야기를 서유림의 입을 통해 직접 듣고 나니 충격이 더했다.

다리에 힘이 풀려 바닥에 주저앉고 싶은 것을 간신히 참아내며 진가흔은 다시 질문을 던졌다.

"사인은?"

"극비. 하지만 자상이라는 소문이 돌더군."

"살수라는 소문도 있던데?"

"확실하지는 않아. 하지만 그런 소문이 퍼진 데는 이유가 있지."

"뭡니까?"

"정면 대결로 소연신을 죽일 수 있는 인물은 없으니까."

서유림의 말은 틀리지 않았다.

다정기협 소연신은 불패 신화를 써 내려가던 고수.

그와 정면 대결을 펼쳐 죽일 수 있는 인물이 이 강호에 몇이나 있을까.

감히 없다고 하는 편이 옳았다.

"어디서 죽었소?"

"무림맹 하남 지부."

이미 객잔에서 들은 이야기였지만 서유림에게서 다시 확인한 순간, 공교롭다는 생각이 들었다.

왜 하필 무림맹 하남 지부에 들렀다가 죽었을까.

“사망 시각은?”

“어제 묘시 경!”

진가흔이 코웃음을 쳤다.

어제 묘시 경이라면 가월루에서 석대운 등과 술을 마신 후 수련과 함께 뜨거운 정사를 벌인 다음 잠들었을 시간이다.

그리고 그 사실을 증언해 줄 사람은 한둘이 아니었다.

석대운, 하연춘, 단화영, 그리고 수련까지.

머릿속으로 그들의 얼굴을 하나하나 떠올리던 진가흔이 멈칫했다.

다정기협 소연신을 죽인 것이 누구냐고 물었던 첫 번째 질문에 서 장주는 모른다고 대답했다.

하지만 조금 전 자신이 쫓기는 이유를 물었을 때, 그는 다정기협 소연신을 죽였기 때문이라고 답했다.

그게 의미하는 것은 하나였다.

“난 아니오.”

“알고 있네.”

“……”

“하지만 그래도 소연신을 죽인 것은 자네라는 것이 문제지.”

“그건……”

“자네가 죽으면 진실은 묻히는 법이지.”

살인멸구(殺人滅口).

흔히 쓰이는 방법이었다.

죽은 자는 말이 없다는 것은 만고불변의 진리였으니까.

하연춘과 석대운, 단화영이 자신이 그 시간에 함께 술을 마시고 있었다고 증언해 준다고 해서 바뀌는 것은 없었다.

아니, 그들은 그런 증언을 할 기회조차 가지지 못할 것이다.

모르긴 몰라도 그전에 그들의 목숨도 사라질 것이다.

"빌어먹을!"

숨이 막혔다.

막연하고 모호하게 다가오던 불안감.

그 불안감이 마침내 실체를 드러냈다.

하지만 그 불안감의 실체는 진가흔의 예상을 훨씬 뛰어넘을 정도로 거대했고 치밀하게 목을 조여오고 있었다.

"더 이상 궁금한 것은 없나?"

서유림의 질문을 듣고서 진가흔은 고개를 흔들었다.

물론 아직 끝이 아니었다.

고개를 숙인 채 생각에 잠겨 있던 진가흔이 번쩍 고개를 들며 입을 뗐다.

"왜 하필 나입니까?"

진가흔이 가장 궁금한 것은 이것이었다.

하지만 이번에도 서유림의 대답은 그를 만족시키지 못했다.

"그 질문에 대한 답은 자네가 알고 있을 텐데."

"……?"

"자네가 모른다면 나도 알지 못하네. 하지만 이제부터 그 이유에 대해서 알아보려고 하네."

느긋한 서유림의 태도로 인해 진가흔은 화가 났다.

이제 둘 사이에 이야기를 나눌 수 있는 시간은 불과 반 다경도 남아 있지 않았다.

그런데 이제 와서 무슨 수로 그 이유를 알아낼까.

하지만 서유림의 눈빛은 진지하기 그지없었다.

"이젠 내가 질문하지."

"말하시오."

"화산파에서 파문당한 이유가 무엇인가?"

어떻게 알았을까.

진가흔의 표정이 순식간에 굳어졌다.

서유림의 입에서 화산파에 대한 이야기가 흘러나올 것이라고는 꿈에도 생각지 못했기에 표정을 수습할 여유조차도 없었다.

"대답할 수 없나?"

"그건……."

"화산파에 적을 두었던 것은 사실이로군. 좋네. 다른 질문을 하지. 자혼부를 떠난 이유는 무엇인가?"

담담한 서유림의 목소리.

하지만 진가흔은 침착할 수 없었다.

화산파에 이어서 자혼부에 머물렀던 것까지 알고 있을 줄이야.

"어떻게 알았소?"

"이번에도 대답하기 곤란한가?"

"어떻게 알았느냐고 물었소."

"아직 실감하지 못하는가 본데, 지금의 상황은 자네가 입을 다문다고 해서 해결될 정도로 간단한 문제가 아닐세."

진가흔과 서유림의 시선이 부딪쳤다.

금방이라도 불길을 토해낼 것처럼 이글거리고 있는 진가흔의 시선과 차분하게 가라앉아 있는 서유림의 시선.

결국 먼저 시선을 피한 것은 진가흔이었다.

"떠날 때가 되었다는 생각이 들었기에 떠났소."

"그 이유뿐인가?"

"그렇소."

"흐음!"

서유림이 길게 한숨을 내쉬었다.

그리고 두 눈을 감고 잠시 생각에 잠겨 있던 서유림이 다시 입을 뗐다.

"자네가 화산파와 자혼부에 적을 두었던 사실을 내가 어떻게 알고 있는가에 대해 말하기 전에 질문을 하나 하지."

"말하시오."

"나에 대해 얼마나 알고 있나?"

"편일장의 장주."

"그게 다인가?"

진가흔이 고개를 끄덕였다.

편일장이라는 상단을 이끌어가는 자로서 비교적 젊은 나이에도 불구하고 수완이 뛰어난 자라는 것이 서유림에 대해 아는 전부였다.

잠시 편일장에 대해서 의심을 가져본 적은 있었지만, 서유림에 대해서 특별히 관심을 가진 적은 없었다.

"서운하군. 날 그 정도로밖에 평가하지 않았다니."

"그럼?"

"편일장의 장주라는 직책은 겉으로 드러난 것일 뿐이네."

"……?"

"비음조가 자네 눈에는 대단한 조직처럼 보이지만 움직인 것은 불과 서너 달에 한 번. 비음조가 벌어들인 돈으로 편일장이 사채업을 하며 입는 손실을 만회할 수 있을 거라 생각하는가?"

"그건……."

"자넨 생각보다 훨씬 단순하군. 난 상인이네. 그런데 이익

이 나지 않는 편일장을 계속 끌고 간 이유가 궁금하지 않은
가?"

"……?"

"그리고 표국의 국주들은 바보일까? 아무리 조심했다 하나
그들이 비음조의 존재를 정말 몰랐을까?"

쉴 새 없이 터져 나오는 서유림의 이야기를 듣다 보니 머리
가 멍해졌다.

그리고 숨이 막혀오기 시작했다.

왜 진작 그런 의심들을 가지지 않았을까.

자책과 함께 너무 안이하게 살았다는 생각이 들었다.

그리고 그런 진가흔에게 서유림이 다시 충격적인 이야기
들을 쏟아내기 시작했다.

"비음조가 지금까지 움직인 것은 채 열 번도 되지 않지. 그
리고 그들이 움직여서 표물을 탈취한 표국은 단 네 곳뿐이네.
유원표국, 삼천표국, 대승표국, 하원표국이지. 뭔가 이상하다
는 느낌이 들지 않는가?"

왜 이상하지 않을까.

낙양에 존재하는 표국의 수만 족히 일백여 개.

번갈아가며 표물을 탈취하는 편이 안전한 것은 당연지사
였다.

그런데도 비음조는 단 네 곳의 표국만을 집중해서 털었다.

그 네 곳의 표국을 이끄는 국주들이 바보가 아닌 이상, 그

런 상황에 처한다면 어떤 움직임이 있어야 했다.

하지만 그들은 움직이지 않았다.

안개 속처럼 뿌옇게 흐려져 있던 머릿속에서 하나의 결론이 튀어나왔다.

"혹시 그 네 곳의 표국이……."

"자네 짐작이 맞네. 그 네 곳의 표국 역시 내가 만든 곳이네."

설마가 사실로 드러났다. 그리고 서유림의 설명을 듣고서 비로소 이해가 갔다.

비음조가 세상에 드러나지 않은 이유가.

하지만 여전히 이해가 가지 않는 것투성이였다.

"대체 왜 그런 짓을 했습니까?"

"다 이유가 있네."

"그 이유가 뭐요?"

"가장 큰 이유는 자네를 살리기 위해서였네."

서유림이 희미한 웃음을 지은 채 한마디를 덧붙였다

"편일장은… 자네를 살리기 위해서 내가 만들었던 가상의 공간일 뿐이었다고 생각해도 되네."

가상의 공간?

혼란스러운 머릿속을 정리할 틈도 없었다.

다시 입안이 바싹 말라옴을 느끼고 마른침을 꿀꺽 삼킨 진가흔이 질문했다.

"그럼 당신의 진짜 정체는 뭐요?"

"자네가 생각하는 것보다 벌여놓은 사업이 훨씬 많은 편이
지. 다시 말해 자네의 뒷조사를 할 정도의 능력은 있다는 뜻
일세."

서유림은 서운한 표정을 짓고 있었다.

하지만 지금은 그에 대해 과소평가한 것을 미안해하고 있
을 시간조차도 없었다.

"내 뒷조사를 한 이유가 무엇이오?"

"이유는 간단하네. 연화 노인이 자네를 데리고 왔기 때문
이네."

"그게 무슨 소리요?"

"그 대답을 하기 전에 하나 더 묻지. 화영이에 대해서는 얼
마나 알고 있나?"

서유림이 말하는 것이 단화영임을 알아챈 진가흔이 지체
하지 않고 대답했다.

"동료요."

"동료라……. 그게 다인가?"

"그건……."

"그럼 석대운은? 그리고 하연춘은?"

"역시 동료요."

진가흔이 자신없는 목소리로 같은 대답을 내놓자 한심하
다는 듯 바라보던 서유림의 입가로 희미한 미소가 스치고 지

나갔다.

"마지막으로 연화 노인에 대해서 얼마나 알고 있나?"

"무척 잘 알고……."

이번 질문에는 자신이 있었다. 그래서 서둘러 대답하던 진가흔이 말끝을 흐렸다.

콰당!

굳게 닫혀 있던 취몽루의 대문이 요란한 소리와 함께 열렸다.

"개방 낙양 분타주 여문경이다! 우리가 쫓는 자가 이곳으로 들어왔다는 소식이 있었다! 수색할 테니 당장 물러서거라!"

들려오는 목소리를 듣고서 진가흔이 입술을 깨물었다.

역시 개방의 정보력은 명불허전(名不虛傳)이었다.

약속했던 반 다경의 시간이 되기에는 한참이나 남아 있었지만, 어느새 개방의 인물들은 진가흔의 행방을 파악하고 찾아와 있었다.

이젠 정말 시간이 없다는 생각에 진가흔이 몸을 일으키려 했지만, 서유림이 팔을 뻗어 제지했다.

"아직 이야기가 끝나지 않았네."

"하지만 더 지체한다면……."

"저들의 능력을 경시하지 말게. 이야기를 마칠 시간 정도
는 벌어줄 거니까."

믿어도 될까.

개방의 방도들을 피해서 당장에 몸을 피하고 싶었지만 진
가혼은 결국 엉덩이를 바닥에 붙였다.

아직은 들어야 할 이야기가 남아 있었다.

"조금 전에 왜 하필 자네냐고 물었지. 아까도 말했듯이 정
확한 이유는 모르지만 짐작은 가네."

"무엇입니까?"

"가장 적당하기 때문이지."

"적당하다?"

"자네가 자혼부에 몸담았던 살수였으니까."

"고작 그런 이유로?"

"고작 그런 이유? 삭명살수의 명성은 작지 않았지. 적어도
자네 정도의 명성과 실력은 있어야 소연신을 죽인 살수라고
지목했을 때 중인들 역시 수긍하며 고개를 끄덕이겠지."

"흐음."

"물론 그게 다가 아닐 걸세. 다른 이유도 있겠지."

"……?"

"그에 대한 답은 자네가 찾게."

"스스로 찾으라?"

"하지만 지금은 몸을 피하는 것이 급선무지."

펙! 퍼억!

"크아악!"

살과 살이 부딪치는 타격음.

그리고 고통을 참지 못하고 새어 나오고 있는 처절한 비명 소리가 밖의 상황을 설명해 주고 있었다.

서유림도 더는 여유를 부릴 수 없는 듯 몸을 일으켰다.

그런 그가 한쪽 벽을 덮고 있던 병풍을 걷어내고 벽 한쪽에 튀어나와 있는 부분을 힘껏 눌렀다.

그그긍.

미세한 진동과 함께 거짓말처럼 바닥이 열리는 것을 보고 진가흔이 눈을 빛낼 때 서유림이 손짓했다.

"들어가게."

"어디로 통합니까?"

"편일장."

"편일장?"

"등하불명이란 말이 있지. 하지만 개방도 바보가 아닌 이상, 긴 시간을 버티지 못할 걸세. 잠시 생각할 시간 정도는 벌 수 있겠지. 그다음부터는 알아서 피하게."

편일장과 취몽루 사이의 거리는 약 삼 리.

결코 가까운 거리가 아니었다.

그런데 편일장과 취몽루 사이에 지하로 길을 연결해 두었다는 사실을 듣고 다시 한 번 서유림의 진짜 정체에 대한 호기심이 치밀었다.

"시간이 없네."

그런 진가흔의 내심을 눈치챈 듯 서유림이 희미하게 웃으며 고개를 흔들었다.

그리고 그 말은 틀리지 않았다.

호기심 따위는 접어둘 때였다.

지금은 개방의 추적을 피하는 데에만 전력을 기울일 때였다.

한 치 앞도 분간할 수 없을 정도로 어두운 공간 속으로 진가흔은 더 망설이지 않고 몸을 밀어 넣었다.

그그긍.

그의 몸이 완전히 좁은 틈 사이로 들어서자 다시 미세한 진동과 함께 열렸던 바닥이 닫히기 시작했다.

"후우……"

신선한 공기를 들이마시기 위해 진가흔이 크게 숨을 들이켤 때, 서유림이 마지막으로 당부하듯 한마디를 던졌다.

"명심하게. 보이는 것이 전부는 아니라네."

第八章

기우(杞憂)

暗帝血路 암제혈로

등하불명(燈下不明)!

등잔 밑이 어둡다는 뜻이다.

그러나 진가흔은 그 말을 순순히 받아들일 수 없었다.

상대는 구파일방 중 하나인 개방.

정보력에 있어서는 하오문과 함께 천하제일을 다툰다는 곳이 개방이다.

게다가 개방의 방도들의 수는 많았다.

혹시 모를 일을 대비해서 편일장에 방도들을 배치해 두지 않았을 리가 없다.

'지금은 아냐!'

아직은 움직일 때가 아니라는 생각이 들었다. 바닥이 닫히며 조금 전까지 새어 들던 한줄기의 희미한 빛마저 사라지자 완벽히 어둠으로 물들었다.

한 치 앞도 분간할 수 없을 정도의 어둠은 사람을 불안하게 만든다.

맹수가 갑자기 나타나 목덜미를 움켜쥐고 날카로운 송곳니를 드러내며 물어뜯어 버릴 것 같은 느낌.

맹독을 지닌 수백 마리의 뱀이 스멀스멀 기어와 전신을 물어뜯을 것 같은 느낌.

어둠 속에서 느끼는 불안감은 각자가 가진 상상력에 따라 다른 형태로 다가온다.

하지만 진가흔은 불안해하지 않았다.

그에게 어둠은 익숙했다.

한때는 밝은 곳에 몸을 드러내는 것이 더 불안했던 적도 있으니까.

소리가 나지 않도록 가능한 한 움직임을 멈추고 시간이 흘러 눈이 어둠에 익숙해지기를 기다리던 진가흔의 표정이 굳어졌다.

숨을 들이쉴 때마다 코로 축축한 공기가 파고들었다.

짐승의 시체 썩는 냄새가 그 축축하면서도 음습한 공기에 섞여 있어서 괴로워서가 아니었다.

'바람이 통하지 않는다!'

습기가 섞인 축 가라앉은 공기는 바람이 통하지 않는다는
증거였다.

그 말인즉슨 이 땅굴이 어딘가로 통하지 않는다는 뜻.

다시 말해 이 땅굴을 따라가면 편일장에 도착할 수 있다는
서 장주의 말은 거짓이라는 뜻이기도 했다.

속은 걸까?

독 안에 갇힌 쥐!

완벽한 함정이었다.

만약 서 장주가 개방의 방도들에게 이 땅굴의 존재를 알려
준다면 빠져나갈 구멍조차 하나 없었다.

등줄기를 타고 식은땀이 흘러내렸다

서 장주는 믿을 수 있는 사람인가?

그제야 머릿속에 깃드는 의문.

'경솔했어.'

거기까지 생각이 미치자 자책했다.

서유림을 너무 쉽게 믿었다.

하지만 항상 후회는 늦은 법이었다.

허리에 걸린 검병으로 손을 가져간 채 진가흔은 밖에서 벌
어지고 있는 상황에 대해서 사소한 것이라도 놓치지 않기 위
해 귀를 기울였다.

"샅샅이 뒤져라!"

그런 진가흔의 귓가로 초조함과 짜증이 섞여 있는 목소리

가 들렸다.

그 목소리가 귀에 익었다.

'개방 낙양 분타주 여문경이라고 했던가?'

분타주라면 개방의 삼결제자였다.

그리고 현재 자신의 추적을 지휘하고 있는 자가 삼결제자라는 사실을 깨달은 순간, 안도하는 마음이 들었다.

하지만 서 장주의 목소리가 들리지 않는다는 것은 의외였다.

'당한 건가?'

벌써 당한 것이 아닐까 하는 추측이 들었지만 곧 생각을 고쳤다.

서유림은 자신의 입으로 말했다.

자신의 신분은 고작 편일장을 이끌어가는 장주가 전부가 아니라고.

그 말대로 그리 쉽게 당할 자는 아니라는 직감이 들었다.

어딘가로 몸을 숨겼다고 보는 편이 옳았다.

그리고 다시 초조함이 밀려왔다.

개방의 방도들이 병풍 뒤에 숨겨져 있던 기관 장치를 발견한다면 상황은 거기서 끝이었다.

물론 순순히 잡혀줄 생각은 없었기에 사력을 다해 저항하겠지만 몸을 피할 곳이 없는 이 좁은 땅굴은 분명 최악의 장소였다.

항전에도 분명 한계가 있었다.

쿵. 쿵.

적어도 열 명이 넘는 인원이 뒤지는 듯 부산한 움직임이 느껴졌다.

'수색?'

저 부산한 움직임은 혹시 모를 기관을 찾아내기 위한 수색이라는 생각이 들자 초조함이 극에 이르렀다.

그래서 다시 한 번 자신의 경솔함에 대해 자책할 때였다.

"가월루에서 죽립을 쓴 인물을 발견했다고 합니다."

"확실해?"

"그렇습니다. 지금 추적 중이라고 합니다."

"멍청한 것들. 놓쳤다는 뜻이잖아."

"아무래도 인원이 부족하다 보니……."

"뭐 하고 있어? 당장 지원해!"

다급한 보고를 듣던 여문경이 거칠게 소리를 지르자 방 안을 수색하던 자들 중 몇이 서둘러 어디론가 사라졌다.

하지만 아직 끝이 아니었다.

"효월객잔에서 죽립을 쓴 자가 달아나는 것이 포착되었습니다."

"그건 또 무슨 소리야?"

"틀림없다고 합니다."

"잡았나?"

“지금 뒤를 쫓고 있다고 합니다.”

“누가 쫓고 있지?”

“염봉소와 장길이 뒤쫓고 있습니다.”

“빌어먹을. 일결제자와 백의개가 대체 뭔 재주로 잡는단 말인가? 호율, 애들 몇 데리고 네가 직접 가!”

다시 몇 명의 인물이 빠져나가는 소리가 들렸다.

그러나 아직 끝이 아니었다.

“화미각에서 죽립을 쓴 자가 모습을 드러냈습니다.”

“화룡객잔에서 죽립을 쓴 자가 포착되었다고 합니다.”

“죽엽 포목점에서……”

“금룡각에서……”

거의 시간차가 없이 연달아 올라오는 보고들.

짜증 섞인 여문경의 목소리를 들으면서 진가흔이 눈을 빛냈다.

거의 동시다발적으로 사방에서 죽립을 쓴 인물들이 나타나는 것이 우연일 리가 없었다.

누군가가 미리 짜놓은 각본대로 움직여 개방의 이목을 흩트리고 있는 것이었다.

‘서 장주!’

귀를 기울이고 있던 진가흔이 안도의 한숨을 내쉬며 조금 전까지 대화를 나누던 서 장주에게 생각이 미쳤다.

그리고 동시에 '등하불명'이라고 말하던 그의 얼굴이 떠올랐다.

시간이 흐르며 두 눈이 어둠에 익숙해졌다.
진가흔의 예상은 빗나가지 않았다.
편일장으로 뚫린 땅굴이 아니었다.
반경 일 장 정도 되는 공간이 전부였다.
그것을 깨닫자 진가흔은 긴장을 풀었다.
어차피 누군가 열어주기 전에는 이곳에서 나갈 방도가 없었다.
검병에 가져다 대고 있던 오른손을 떼고, 석벽에 등을 기댄 채 눈을 감았다.
잠시 생각할 시간 정도는 벌 수 있을 것이라는 서 장주의 말은 옳았다.
조금 전, 서 장주와 나누었던 대화를 떠올리며 진가흔은 생각에 잠겼다.
'강호공적!'
그리고 이내 가슴이 답답해졌다.
서장주는 전 강호가 적이라고 했다.
다시 말해서, 강호에 몸담고 있는 인물은 모두 그의 뒤를 쫓는다는 뜻이었다.
"빌어먹을!"

참지 못하고 욕설을 뱉어냈다.

지금껏 얼굴 한 번 본 적 없는 소연신이다.

하지만 지금 소연신을 죽인 범인으로 지목되어 영문도 모른 채 쫓기고 있다.

어찌 억울하지 않을까.

지금 당장에라도 밖으로 나가 아무나 붙잡고서 억울함을 토로하고 싶었다.

그리고 이건 누군가의 음모라고 소리 지르고 싶었지만, 진가흔은 결국 움직이지 못했다.

"그래도 소연신을 죽인 것은 자네라는 것은 변함이 없지."

서장주의 말이 떠올랐다.

웃기는 말이지만 진가흔이 누군가에게 억울함을 토로한다고 해서 달라지는 것은 아무것도 없다.

진가흔은 만들어진 범인이었다.

증거나 증인조차도 아무런 소용이 없는.

아니, 그에게는 억울함을 호소해 볼 기회조차도 주어지지 않을 가능성이 컸다.

분하지만 이게 엄연한 현실이었다.

'흥분을 가라앉혀야 해.'

이곳에 몸을 숨긴 채 생각할 수 있는 시간도 얼마 없었다.

지금은 개방의 낙양 분타주가 진가흔의 추격을 지휘하고 있었지만, 사안의 중요성을 생각해 보면 조금 후에는 경험이나 실력 면에서 분타주와 비교할 수 없는 개방의 장로들이 직접 추격을 지휘할 가능성이 컸다.

더구나 개방만이 아니었다.

구대문파 중 하남에 자리 잡고 있는 것은 소림사!

소림사 나한전의 무승들까지 나설 가능성이 컸다.

'어디로 숨어야 할까?'

진가흔이 한숨을 내쉬었다.

강호란 한없이 넓지만 또 한없이 좁은 곳이기도 했다.

인적이 드문 심산유곡으로 가서 은둔 생활을 한다고 해서 찾지 못할까.

그건 구대문파와 개방의 저력을 너무 무시하는 것이었다.

그들이 작정하면 이 강호에 몸을 숨길 곳은 없다.

완벽하게 숨어서 여기라면 어느 누구도 찾지 못하겠지 하고 안심하는 순간, 한 자루 칼이 목을 파고든다.

아무런 예고도 없이.

'얼마나 버틸까?'

처음 '어디로 숨어야 할까' 로 시작했던 생각은 어느새 '얼마나 버틸 수 있을까' 로 바뀌어 있었다.

그리고 진가흔의 얼굴이 굳어졌다.

아무것도 확신할 수 없었다.

지금 상태라면 반나절을 버틸 자신도 없었다.

아니, 지금 당장에라도 개방의 방도들이 병풍 뒤에 숨겨진 기관 장치를 발견한다면 꼼짝없이 잡힐 수밖에 없었다.

힘이 빠졌다.

전신의 맥이 탁 풀리며 생에 대한 의욕까지도 사라졌다.

실체가 드러난 상대는 너무나 강했다.

구파일방.

어지간해야 상대해 볼 엄두가 날 텐데 이건 해도 너무했다.

이백 년이 넘는 시간 동안 강호를 완벽하게 움켜쥐고 있는 거대 세력인 구파일방과 단신으로 맞선다는 것은 어불성설이었다.

'발악한다고 해서 무엇이 달라질까?'

쓴웃음이 흘러나왔다.

지금 자신의 처지가 거대한 거미줄에 걸린 하루살이와 다를 바가 없다는 생각이 들며 한없이 처량한 느낌이 들었다.

거미줄에서 벗어나기 위해 발버둥 쳐보지만 거대한 거미가 시뻘건 눈을 번뜩이며 다가오고 있었다.

'이대로 잡아먹히겠지.'

신형을 부르르 떨던 진가흔은 다시 서유림이 했던 말을 떠올렸다.

"가장 적당하기 때문이지."

그 말이 자꾸만 귓가를 맴돌았다.

비음조의 일원으로서의 진가흔은 세상에 알려지지 않았다.

비음조 자체가 세상에 드러나지 않았으니까.

하지만 한때 자혼부 제일살수였던 삭명살수라는 진가흔의 별호는 꽤나 강호에 알려져 있었다.

살행을 시도한 것은 총 십팔 회.

그리고 진가흔은 총 십팔 회의 살행 시도 중 단 한 번도 실패하지 않았다.

물론 그 정도 살행을 성공시킨 살수는 많았다.

그럼에도 불구하고 최고의 살수 단체라 불리는 자혼부에서도 제일살수라 불릴 수 있었던 이유는 두 가지 때문이었다.

첫째는 진가흔이 살행에 성공한 이들의 면면 때문이었다.

진가흔의 손에 죽은 이들은 무림인이 대부분이었지만, 거상도 있었고 이름 높은 학자도 있었다.

하나같이 거물들.

특히 한창 성세를 구가하며 그 세력을 넓히고 있었던 풍령장의 장주인 기검신협(器劍神俠) 여명준을 죽인 것과 강호의 신성이라 불리며 모두의 기대를 불러 모았던 남궁세가의 소가주인 옥면검(玉面劍) 남궁호진을 죽인 것은 한동안 강호를 들썩이게 만들었을 정도로 대사건이었다.

두 번째 이유는 살행을 마칠 때마다 진가흔이 시신 옆에 남겨둔 서찰 때문이었다.

그 서찰에는 그가 죽인 이들이 죽기 전에 행했던 죄업들이 하나도 빠짐없이 낱낱이 적혀 있었다.

그동안 알려지지 않았던 사실들.

부정한 방법으로 재산을 모은 자의 행적이나 남편이 있는 부인을 강간하거나 윤간한 죄목 등등을 빠짐없이 적어두었다.

이른 바 죽일 수밖에 없는 명분을 공개한 셈이었는데, 그것이 또 한 번 강호를 발칵 뒤집어놓았다.

그로 인해 이미 죽은 자들의 명예조차도 짓밟아 버린다는 삭명살수라는 별호를 얻게 했을 뿐 아니라 진가흔의 명성을 드높이게 된 계기가 되었다.

"그게 계기가 된 건가?"

자흔부를 떠난 이후 자신을 감추고 살았다.

하지만 개방의 능력이라면 진가흔이 편일장에 몸을 담고 있다는 것쯤은 알아낼 수 있었을 것이다.

역시 그 당시 행했던 살업이 이유인가 하는 생각이 들면서도 한편으로는 그게 전부는 아닐 것이라는 생각이 들었다.

살수는 많았다.

사람이 살다 보면 원한이 생기지 않을 수 없고, 나라가 정한 법으로 해결할 수 없는 원한도 널려 있는 것이 세상이었다.

유전무죄(有錢無罪) 무전유죄(無錢有罪)란 말은 그냥 있는 것이 아니다.

억울한 자들이 가슴에 맺힌 응어리를 풀기 위해 마지막으로 찾는 것이 살수.

수요가 있기에 살수란 존재도 사라지지 않는다.

그리고 사신이라 불리는 살수는 무림인들에게도 골칫거리였다.

아무리 무공이 뛰어난 무인이라 하더라도 살수가 보이지 않는 곳에 숨어서 기회를 엿보고 있다고 생각하면 뒷덜미가 근질근질할 수밖에 없다.

"눈엣가시. 그리고 쉬웠겠지."

진가흔이 불끈 주먹을 움켜쥐었다.

그들이 진가흔을 선택한 결정적인 이유는 만만하기 때문일 터였다.

삭명살수?

네놈이 아무리 명성이 뛰어나고 실력이 뛰어난 살수라 하더라도 우리가 마음만 먹으면 네놈을 없애는 것은 일도 아니다.

지금 그를 궁지로 몰아넣고 있는 구파일방은 이것을 말하고 싶은 것이 아닐까.

화가 났다.

죽음?

별것 아니었다.

칼날 위를 걷는다는 무인으로서의 삶을 선택한 순간, 죽음이란 언제나 지척에 있다고 생각했다.

그래서 생에 대한 미련도 없었다.

하지만 명예는 달랐다.

누명을 쓰고 죽을 수는 없다.

이대로 잡힌다면 이 모든 누명을 뒤집어쓰고 얼굴 한 번 본 적 없는 소연신을 죽인 범인으로 몰린 채 죽어야만 했다.

개죽음만도 못한 최후를 맞이하고 싶지는 않았다.

그리고 결정적으로 지금 자신을 궁지로 몰아넣고 있는 자들에게 보여주고 싶었다.

생각처럼 쉽지 않다는 것을.

복수?

이것도 할 생각이다.

구파일방의 눈으로 보는 진가흔은 비천한 살수 놈일 뿐이었다.

땅바닥을 꾸물꾸물 기어가는 것이 다인 지렁이.

하지만 지렁이도 밟으면 꿈틀한다는 것을 보여주고 싶었다.

복수에 대한 생각만으로도 가슴이 용암처럼 뜨거워졌지만 진가흔은 애써 흥분을 가라앉혔다.

마음을 먹는다고 해서 당장 복수가 가능할 리가 없었다.

준비가 필요했다.

상대의 심장에 틀어박을 비수도 예리하게 다듬어야 하고, 상대에 대한 철저한 분석도 필요했다.

그리고 그것은 당장 가능한 것이 아니었다.

적지 않은 시간과 노력이 필요할 터.

지금은 먼 훗날을 바라볼 때가 아니었다.

당장 눈앞에 닥친 냉엄한 현실을 인정해야 했다.

위험을 무릅쓰고 찾아왔던 황두호가 남긴 말처럼 어떻게든 살아남아야만 훗날을 도모할 수 있는 것이다.

'일단은 살아남는 것이 급선무다.'

목표를 확실히 정하자 비로소 머리가 돌아가기 시작했다.

그리고 진가흔이 눈을 감고서 생각에 잠긴 지 반 시진쯤 흘렀을 때다.

"크흑. 흡."

얕은 비명 소리가 귓가를 파고드는 것을 듣고서 눈을 떴다.

위에서 무슨 일이 생긴 것이 틀림없었다.

그그긍.

그리고 진동음과 함께 바닥이 열리는 것을 확인하고 진가흔이 재빨리 신형을 일으키며 검병을 움켜쥐었다.

누굴까.

빛이 새어 들어왔다.

이미 어둠에 익숙해진 두 눈이 갑작스레 새어 들어온 빛으로 인해서 제 역할을 하지 못하고 있었다.

상대의 정체를 파악하지 못하는 이상 방법은 하나였다.

'공격!'

검병을 움켜쥔 손아귀에 힘줄이 불거졌다.

"이제 그만 나오게!"

그 순간, 들려온 목소리로 인해 긴장이 풀어졌다.

서 장주의 목소리는 아니었다.

하지만 이 목소리는 익숙했다.

서 장주의 호위무사였던 유붕의 목소리.

그제야 가늘게 눈을 뜨고 위를 올려다보자 앞으로 내밀어진 손이 보였다.

그 손에 의지한 채 밖으로 나가자 개방의 방도들이 쓰러져 있었다.

쓰러진 자는 모두 여덟이었고, 허리에 걸려 있는 매듭을 살피니 이결제자가 둘, 일결제자가 여섯이었다.

"서 장주는?"

"피하셨네."

"이들이 다였소?"

"이들만 남기고 모두 다 바쁘게 뛰어다니고 있지."

짐작이 갔다.

죽립을 쓴 인물이 거의 동시에 사방에서 나타났다는 소식

을 듣고 지금쯤 사방으로 흩어져 정신이 없을 개방 방도들의
모습이.

"앞으로 자네도 바빠지게 될 거야."

"알고 있소."

"생각할 수 있는 시간을 좀 더 만들어주고 싶지만, 안타깝
게도 이게 한계일세. 이것도 장주께서 위험을 무릅쓴 걸세."
날카로운 눈매를 빛내며 꺼내는 유붕의 이야기를 들으며 진
가흔이 희미하게 고개를 끄덕였다.

개방의 이목을 속이고 이 정도 시간을 벌어준 것만으로도
그가 얼마나 큰 모험을 했는가에 대한 짐작이 갔다.

"하나 궁금한 것이 있소."

"말하게."

"서 장주는 어떤 사람이오?"

진가흔이 던진 질문에 유붕은 표정의 변화 없이 대답했다.

"편일장의 장주일세."

그러나 진가흔은 고개를 흔들었다.

그게 궁금해서 물은 것이 아니었다.

그가 알고 싶은 것은 서유림이 스스로의 입으로 밝히지 않
은 진짜 정체였다.

"겉으로 드러난 것이 다가 아니라고 들었소."

"……."

"진짜 신분이 무엇이오?"

“나는 답할 수 없네.”

“하지만……”

“하나만 알려주지.”

“뭡니까?”

“장주님은 불행한 사람이네.”

“불행?”

“불쌍한 사람이기도 하지.”

‘서유림이 불쌍한 사람이다?’

얼핏 이해가 가지 않았다.

그리고 그 말에 담긴 의미가 무엇인지 전혀 짐작조차 가지 않았지만 유붕은 입을 다물었다.

더 이상 말해줄 생각이 없다는 듯이.

아직 원하던 답을 얻지 못했지만 이미 입을 다물어 버린 유붕이었고, 억지로 입을 열게 만들 방법도 없었다.

그래서 잠시 머뭇거리던 진가흔이 다시 어렵게 입을 뗐다.

“부탁이 하나 있소.”

이런 도움을 받고 난 뒤 다시 부탁을 한다는 것은 분명 염치없는 일이었지만, 선택의 여지가 없었다.

죽음이 지척으로 찾아온 상황.

체면을 따질 때가 아니었다.

그리고 결정적으로 달리 기댈 곳이 없었다.

“뭔가?”

“시체가 필요하오.”

“시체?”

“죽은 지 얼마 안 되는 자들로.”

아무런 설명도 없이 무턱대고 시체가 필요하다는 부탁을 했으니 당황스럽기 그지없을 터였다.

하지만 유붕은 여전히 침착했다.

“인피면구를 만들 생각인가?”

“그렇소.”

“이미 개방에 얼굴이 알려진 이상, 그냥 움직인다는 것이 너무나 위험하기는 하지. 하지만 솔직히 의외로군.”

오히려 호기심을 감추지 않았다.

“내가 아는 삭명살수는 인피면구 따위는 사용하지 않는다고 알고 있는데.”

“필요가 없었을 뿐이오.”

“필요가 없었다?”

“하지만 지금은 상황이 변했소. 그리고……”

“……?”

“상대가 예상하지 못한 방법을 사용하는 것은 허를 찌르는 법이니까.”

진가흔의 말을 듣던 유붕이 입매를 비틀었다.

그리고 희미하게 고개를 끄덕이던 유붕은 더는 그에 대해 관심을 가지지 않고 자신이 해야 할 일에 대해서 질문을 던졌다.

“얼마나 필요한가?”

“많으면 많을수록 좋소.”

“쉽지 않군. 하지만 들어주지.”

유붕은 깊이 고민하지 않고 승낙했다.

그러나 진가흔은 아직 할 말이 남아 있었다.

“살인을 할 생각이오?”

“그 방법밖에 없지. 아무리 무덤을 파헤친다 해도 죽은 지 얼마 지나지 않은 자의 시체가 몇 구나 되겠나? 고작해야 한두 구의 시체에서 얼굴 가죽을 벗기는 것이 전부일 테고, 그것으론 부족하겠지. 다른 방법이 없는 것 같은데.”

이번에는 진가흔이 고개를 끄덕였다. 다른 사람의 목숨을 빼앗고 인피면구를 얻는 것 외에는 다른 방법이 없다는 유붕의 말은 옳았다.

생전에 일 갑자 내력을 쌓아놓았던 무인이든, 평생 농사만 짓던 사람이든 생기가 사라진 사람의 육신은 아무 차이가 없었다.

사후 경직.

심장이 멎고 나면 어느 부분 할 것 없이 경직된다.

그러나 대부분의 사람들이 알고 있는 사후 경직은 심장이 멈추고 난 뒤 바로 일어나는 것이 아니다.

숨이 끊어지고 난 뒤 몇 시진이 지나야만 발생한다.

그 이전에는 오히려 이완된다.

그리고 인피면구로 사용한 얼굴 가죽은 사후 경직이 일어
나기 전의 시체에서 벗긴 것만 사용할 수 있는 것이다.

그것을 모두 알고 있음에도 진가흔은 망설였다.

내키지 않았다.

자신이 살기 위해서 누군가의 목숨을 빼앗는다는 것이.

"명분을 만들어주시오."

"명분을 만들라?"

"죽어 마땅한 죄를 짓고도 살아 있는 자들의 목숨만 빼앗
았으면 하오."

"후후!"

유붕이 처음으로 소리 내어 웃었다.

"왜 웃소?"

"자기 목숨이 경각에 달린 상황에서도 그런 것을 따진다?
명분이 없는 자는 죽이지 않는다. 두 눈을 뜨고 살아서 숨을
쉴 자격이 없는 자만 죽인다. 괜히 삭명살수라는 별호를 얻었
던 것이 아니었군."

"가능하오?"

"불가능하다면?"

"부탁은 없었던 것으로 하겠소."

"하핫!"

그는 다시 한 번 웃음을 터뜨렸다.

그리고 눈살을 찌푸리고 있던 진가흔에게 입을 뗐다.

“장주님의 예상이 빗나가지 않았군.”

“그건 무슨 소리요?”

“자네가 만약 그 부탁을 한다면 죽어야 할 명분이 있는 자만 죽여달라고 부탁할 거라고 하시더군. 설마 했는데 자네를 보는 장주님의 눈을 빗나가지 않는군.”

“그 말은?”

“그 부탁, 들어주지. 사람으로서 해서는 안 될 악업을 행한 자, 마땅히 죽어야 함에도 불구하고 아직도 떵떵거리며 살고 있는 자들의 목숨만 거두지.”

유붕이 호쾌하게 대답했다.

그 호쾌한 대답을 듣다 보니 다시 서 장주에 대한 의문이 밀려들었다.

그는 자신이 이런 부탁을 할 것을 어찌 예상했을까.

지금까지 진가흔이 서 장주에 대해서 알고 있던 것은 빙산의 일각에 불과했다.

하지만 그 의문을 풀기에는 시간이 충분치 않다는 것쯤은 진가흔이 누구보다 잘 알고 있었다.

“그만 가겠소.”

“어디로 갈 생각인가?”

그리고 유붕의 질문을 들은 진가흔이 희미하게 웃음을 지었다.

“가능한 한 멀리.”

솔직히 대답했다. 연자경이 했던 부탁대로 최대한 멀리 갈
생각이었다.

강호란 곳이 좁다고는 하지만 한없이 드넓기도 했으니까.

＊　　　＊　　　＊

"멍청한 놈!"
여문경의 얼굴이 창백하게 질렸다.
허리에 걸려 있는 일곱 개의 매듭.
개방의 장로 중에서도 성격이 가장 급하다고 알려진 철혈
추괴(鐵血醜怪) 육비능의 매서운 질책이 날아들었지만 아무런
변명도 할 수가 없었다.
사실 변명의 여지가 없었다.
등하불명!
진가흔이라고 했던가.
그놈의 얕은꾀에 완전히 속아 넘어가서 자신을 비롯한 낙
양 분타의 개방 방도들은 한동안 엉뚱한 놈들만 쫓아다닌 셈
이었다.
이곳에 숨어서 비웃음을 던지고 있었을 놈을 생각하니 얼
굴이 붉게 달아올랐다.
더구나 그사이 개방의 방도들이 당했다.

어제까지만 해도 사이좋게 둘러앉아 살이 제대로 오른 개의 뒷다리를 침을 발라가며 게걸스럽게 발라 먹던 동료가 죽었는데 어찌 화가 나지 않을까.

"아직 멀리 가지는 못했을 겁니다."

"그렇겠지."

"늦어도 한 시진 안에 그놈을 잡아다 무릎을 꿇리겠습니다."

"그럴 능력이 있나?"

치미는 분으로 인해 이를 갈며 입을 떼던 여문경이 움찔했다.

누렇게 변색된 이빨.

그마저도 군데군데 빠져서 볼품없어 보이는 육비능이 타고난 들창코로 인해 훤히 드러난 콧구멍을 벌렁거리며 한마디를 던졌다.

하지만 저 초라한 외모와 달리 개방의 장로라는 직책을 지닌 육비능이 엄청난 고수라는 사실을 알고 있기에 함부로 대답할 수 없었다.

"저는……."

"쯧쯧, 한심한 것!"

그래서 우물쭈물하던 여문경에게 혀를 차며 육비능이 죽은 개방의 방도들에게로 시선을 돌렸다.

잔뜩 눈살을 찌푸린 채 살피던 육비능이 입을 뗐다.

"시신은 살펴보았느냐?"

"네."

"무엇을 알아냈느냐?"

"모두 일 검에 당했습니다. 놈의 무공이 예상보다 더 고강한 듯합니다."

"그게 전부냐?"

"네? 네."

"낙양 분타주인 현룡신개가 눈썰미가 좋고 경험이 풍부해 일처리가 깔끔하다는 것은 모두 헛소문이었구나."

"그 말씀은……."

"그 주둥아리를 닥치지 못하겠느냐?"

철혈추괴 육비능이 내지른 일갈!

노기가 잔뜩 실린 일갈에 주눅이 든 여문경이 시선을 내리깔 때, 육비능이 못마땅한 표정으로 다시 입을 뗐다.

"비록 죽었다 하더라도 시신은 말을 한다. 직접 입을 열어 말을 하지 않더라도 몸으로 알려주려 하는데 너는 눈과 귀를 닫은 채 들으려고도 하지 않는구나."

"……?"

"모두 검에 당했지만 상흔이 다르다. 검이 파고든 깊이가 다르고, 각도가 다르다는 것이 의미하는 것이 무엇이냐? 같은 수법에 당한 듯 보이지만 그 수법을 익힌 숙련도가 다르다는 뜻이지."

“그 말씀은?”

“동조자가 있다는 뜻이다.”

전혀 생각지 못했던 부분.

불과 하루 전까지 마주 앉아 농지거리를 하며 시시덕거리던 수하의 시신이었기에 마음이 좋지 않아 꼼꼼하게 살피지 않은 것이 실책이었다. 그래서 여문경의 얼굴이 하얗게 질렸지만 육비능은 한번 저지른 실책을 너그럽게 감싸줄 정도로 마음이 넓은 위인이 아니었다.

“너처럼 멍청한 놈이 분타주를 맡고 있으니 개방이 한물갔다는 소리가 공공연히 나돌고 있는 것이다.”

“죄송합니다.”

“변명은 필요없다!”

육비능이 꺼낸 냉혹한 한마디를 듣고서 여문경이 지그시 입술을 깨물었다.

수하들 앞에서 모욕을 당했기 때문이 아니었다.

그는 자신의 무능함에 화가 난 것이었다.

진가흔이라는 놈을 코앞에 두고도 세 번씩이나 놓친 셈이었다.

조금만 신중했다면 이런 최악의 상황까지는 닥치지 않았을 터인데.

“그 정도면 됐네.”

다행인 것은 이 자리에 소안협걸(笑顔俠乞) 홍인걸도 함께 있다는 점이었다.

어떤 상황에서도 얼굴에서 웃음이 사라지지 않는다고 해서 소안협걸이라 불리는 개방의 장로인 홍인걸이 웃음을 지은 채 육비능을 말렸다.

"뭐가 됐다는 말인가?"

"이미 벌어진 일인데 낙양 분타주를 탓한다 하더라도 달라질 것이 있는가?"

"흥!"

"시신의 경직 상태로 보아 아직 낙양을 벗어나지 못했을 걸세. 그럴 시간에 어서 움직여 그자의 행방을 찾는 편이 좋을 듯하네."

홍인걸의 말은 틀린 것이 하나도 없었다.

그래서인지 육비능도 더는 입을 열지 않았다.

"어디로 갔을까?"

여전히 웃는 얼굴로 홍인걸이 던진 질문에 여문경이 대답했다.

"낙양을 벗어나려 하고 있을 겁니다."

"낙양 분타주는 왜 그런 판단을 내렸나?"

"제가 만약 같은 입장이라면 당장 낙양을 떠나 강호의 이목이 닿지 않는 곳으로 피하려 할 것 같습니다."

"강호의 이목이 닿지 않는 곳이 어디가 있을까?"

"남만이나 북해, 새외라면……."

홍인걸이 고개를 끄덕이는 것을 보고 여문경이 안도했다.

"과연 그럴까?"

하지만 이어진 홍인걸의 말은 그를 당황시켰다.

그래서 다시 질문을 던지려 했지만 홍인걸은 더는 말하지 말라는 듯 웃음을 지은 채 작게 고개를 흔들었다.

"비가 오는군!"

"그래, 겨울비가 많이도 쏟아지는군."

"운이 좋은 녀석이야."

"그래 봤자 개방의 이목을 피할 수는 없어."

무슨 뜻일까.

비가 오는 것과 진가흔이 운이 좋다는 것 사이에 어떤 연관성이 있는지를 파악하지 못해 여문경이 의아한 표정을 지을 때였다. 아직 화가 풀리지 않은 듯 씩씩대고 있던 육비능이 다시 여문경에게로 고개를 돌리며 소리를 질렀다.

"왜 아직도 거기 서 있는 게냐? 그렇게 멍청히 서 있지 말고 낙양을 빠져나갈 만한 길목을 모조리 차단하도록 해!"

"네? 네."

"뱃길을 이용하려면 삼문협 쪽으로 이동할 터이고, 육로라면 여양을 거칠 수밖에 없겠지. 관도는 물론이고 칠정산 길목과 삼양산 길목도 봉쇄해."

"하지만……."

"하지만? 분타주라는 놈이 말귀도 못 알아듣나?"

"그것이 아니라 낙양 분타 방도의 수는 정해져 있어서 모두 봉쇄하려다가는 낙양성 안을 뒤질 수 있는 방도의 수가 부족해집니다."

"낙양을 뒤지는 것은 최소한의 방도들만 남겨두도록 해. 나와 소안협걸이 그놈을 찾아낼 테니까."

뭔가 대꾸하려던 여문경이 결국 입을 다물었다.

진가흔을 추격하는 지휘권은 어느새 육비능에게로 넘어간 상황이었다.

더 이상 무슨 말을 한다 해도 통하지 않으리라는 것을 직감한 여문경이 물러나는 순간 홍인걸이 입을 열었다.

"정보가 틀렸군."

"그래."

"멍청한 살수 나부랭이라고 해서 느긋하게 움직였는데 결코 멍청한 놈은 아냐. 진짜로 멍청한 놈이라면 꽁지에 불이 붙은 멧돼지처럼 뒤도 돌아보지 않고 무조건 멀리 도망치려 할 텐데 서둘지 않아."

"그렇군."

"침착하고 영리한 놈이야."

"그래 봤자지."

문제 될 것이 없다는 표정을 짓고 있는 육비능을 바라보며 홍인걸이 웃었다.

"그렇겠지?"

“물론이야.”

“그런데 혹시 잘못 고른 게 아닌가 하는 불안한 생각이 드는군.”

“기우야.”

“기우?”

“자네도 늙었군. 늙으면 쓸데없이 걱정이 드는 법이야.”

“후후, 나도 그랬으면 좋겠군.”

언제나처럼 웃음을 짓던 홍인걸이 주름진 눈매를 가볍게 찌푸렸다.

*   *   *

투둑. 투둑.

굵은 빗방울이 떨어져 내리기 시작한 지 반 시진.

아직 어둠이 내려앉기에는 이른 시간이었지만, 하늘을 온통 뒤덮고 있는 먹구름으로 인해 거리는 스산했다.

방갓이나 죽립을 깊숙이 눌러쓰고 예고도 없이 떨어져 내리는 굵은 빗방울을 원망스럽게 올려다보고 있던 두 중년인이 못마땅한 표정을 지은 채 두런두런 이야기를 나누기 시작했다.

“겨울인데 웬 비가 이리도 많이 내리는지 모르겠군.”

“그러게 말일세.”

"차라리 눈이 내리는 편이 좋을 것을. 옷이 비에 완전히 젖어서 그런지 몸이 으슬으슬한 것이 몸살이라도 걸릴 것 같군."

"그나저나 비도 이리 내리는데 거지새끼들은 왜 이렇게 돌아다니는지 모르겠구만, 눈에 거슬리게시리."

"난들 아나. 가뜩이나 으슬으슬한 것이 몸 상태가 영 별로인데 악취 때문에 머리까지 아플 지경이야."

"거지들이 저리 돌아다니는 걸로 봐서 뭔가 일이 생긴 것 같은데, 혹시 들은 게 있나?"

"몰라!"

"하긴 무슨 일이 생길 것이 뭐가 있을까?"

"맞네. 그러니 신경 쓰지 말고 가던 길이나 가세. 서둘러야 늦기 전에 도착해서 약주라도 한잔할 게 아닌가."

"약주? 약주 좋지. 어서 가세."

두 중년 사내가 웃으며 멀어졌다.

그 두 사내가 멀어지자 허리에 매듭 하나가 달린 거지 하나가 일정한 거리를 두고 감시하듯 따라붙었다.

그리고 그 순간, 담벼락의 공간이 일렁였다.

칠흑처럼 짙은 흑색 장포를 입은 진가흔의 신형이 담장 안에서 빠져나왔다.

얼마 전, 귀수가 보여주었던 신기에 가까운 은신술.

위장포 따위로 눈속임을 하는 은신술이 아니었다.

은신술이 아니라 기환술에 가까운 능력.

휘익.

주위에 인기척이 느껴지지 않는다는 것을 확인한 진가혼이 망설이지 않고 가월루의 담을 넘었다.

가월루의 담을 넘은 후에도 한동안 움직이지 않고서 상황을 살피던 진가혼은 조금 전 두 사내의 대화를 떠올렸다.

변한 것이 없었다.

거리 풍경도 달라진 것이 없었다.

겉으로 보이는 세상은 여전히 그대로였다.

다정기협 소연신이 죽었다고 해서 보통 사람들의 일상이 달라지는 것은 아닐 테니까.

하지만 조금만 살피면 평소와 다른 것을 확실히 느낄 수 있었다.

평소에는 저녁을 해결하기 위해 한창 구걸에 나설 개방의 방도들이었지만, 오늘은 안광을 뿌리며 거리를 활보하고 있었다.

취몽루에서 가월루까지 오는 도중에 만난 거지의 수만도 스물에 가까웠다.

'운이 좋았어!'

만약 비가 내리지 않았다면 가월루까지 무사히 오지 못했을 가능성이 컸다.

다행히 굵은 빗방울이 떨어지며 죽립이나 방갓을 쓴 자들이 늘어났고, 아무리 개방이라 하더라도 죽립이나 방갓을 쓰고 걸어가는 이들 모두의 길을 막고 일일이 얼굴을 확인할 수는 없는 법이었다.

더구나 그들의 신경이 분산된 것도 큰 도움이 되었다.

차갑게 가라앉은 눈으로 가월루 내부의 상황을 살피던 진가흔이 눈을 빛냈다.

휙. 휙.

개방의 방도들이 신법을 펼치는 소리가 들렸다.

진가흔의 예상대로 가월루 주위를 감시하고 있던 개방의 방도들이 갑자기 모습을 드러낸 것으로도 모자라 신법을 펼쳐 어디론가 움직이고 있었다.

'무슨 일이지?'

잔뜩 굳어진 얼굴로 어디론가 신형을 날리는 개방의 방도들을 살피던 진가흔이 위장포를 벗어던졌다.

대체 무슨 일 때문인지는 몰라도 가월루를 감시하고 있던 개방의 방도들이 사라진 것은 분명 그에게는 호재였다.

어차피 더 지체할 생각도 없었기에 진가흔이 움직이기 시작했다.

이미 수십 번을 넘게 찾아왔던 곳이기에 가월루 내부의 구조는 손바닥을 보는 것처럼 확실히 파악하고 있었다.

그리고 진가흔이 찾는 곳은 수련의 방이었다.

아직 가월루의 문을 열기 전이었으니 지금은 한창 화장을 하고 있을 시간이었다.

발소리가 나지 않도록 조심스럽게 움직인 진가흔은 마침내 수련의 방문 앞에 도착해서 멈추어 섰다.

문 앞에 선 채 귀를 기울여 보았지만 인기척이 느껴지지 않았다.

스르륵.

미닫이문을 조심스레 열어젖힌 진가흔이 안으로 몸을 밀어 넣었다.

익숙한 체취.

그리고 익숙한 풍경이 눈에 들어왔다.

수련의 깔끔한 성격을 드러내듯 반듯하게 개어진 이부자리.

잘 정돈된 동경.

하지만 지금쯤이면 그 동경 앞에 앉아서 치장하고 있을 것이라 예상했던 수련이 보이지 않았다.

'사라졌다?

직감이 들었다.

방 안의 공기가 차가웠다.

지난밤 함께 밤을 지새운 뒤에 불과 하루도 지나지 않았지만 수련의 온기가 느껴지지 않았다.

서둘러 열어본 옷장이 텅 비었음을 깨닫고 진가흔은 확실히 깨달았다.

그녀가 어디론가 사라졌다는 것을.

'역시 그랬던가?'

위험을 무릅쓰고 진가흔이 이곳을 찾은 이유.

여자가 그리워서가 아니었다.

수련의 품에 안겨 지금 억울한 누명을 쓰고 쫓기고 있는 분함을 위로받기 위해서는 더더욱 아니었다.

지난밤, 그의 품에 안긴 채 흘리던 수련의 뜨거운 눈물이 떠올랐기 때문이다.

아무것도 아니라고 했지만, 어젯밤의 수련은 평소와는 분명 달랐다.

그녀는 이미 알고 있었다.

진가흔이 위험에 처하게 될 것이라는 사실을.

그럼 그녀는 그것을 어떻게 알았을까?

그 의문과 함께 생각이 미친 곳이 하오문이었다.

개방과 함께 정보력에 있어서는 강호제일을 다투는 것이 하오문.

기녀, 점소이, 도박꾼, 배수 등 세상의 가장 밑바닥 인물들로 구성된 곳이 하오문이었고, 수련은 기녀였다.

떠올릴 수 있는 것은 하오문뿐이었다.

그리고 더 놀라운 것은 하오문 항주 분타주를 맡고 있는 황두호조차도 정확히 알지 못했던 사실을 그녀가 알고 있었다는 것이다.

그렇다면 그녀의 신분이 결코 낮지 않다는 뜻.

"아쉽군."

진가흔은 진심으로 아쉬웠다.

상대에게 쫓길 때 무턱대고 도망치는 것만큼 어리석은 짓은 없었다.

중요한 것은 뒤를 쫓는 자들에 대한 정보였다.

그중에서도 추적을 지휘하는 자가 누군인가를 알아내는 것이 가장 중요했다.

그자의 성향만 제대로 파악한다면 상대의 추격을 피해서 무사히 빠져나갈 확률이 이 할은 높아질 터였다.

하지만 하오문에 속해 있는 수련이 없는 것을 확인한 이상, 이곳에서 정보를 얻겠다는 진가흔의 계획은 물 건너간 셈이었다.

수련이 떠나고 휑한 공기만이 남아 있는 방 안을 둘러보다 보니 서운한 감정이 들었다.

함께했던 시간들은 아무것도 아니었을까.

그리고 어젯밤 가슴 위에 손가락으로 적었던 이야기는 거짓이었을까.

그녀는 냉정하게 떠났다.

자신이 가장 먼저 이곳으로 돌아와 그녀를 찾으리라는 것을 어느 정도 예상하고 있었을 터인데도.

"뭘 기대했던 건가?"

피식.

쓴웃음이 새어 나왔다.

사랑이었을까.

진가흔은 사랑이라고 생각했다.

하지만 그건 진가흔의 착각에 불과했다.

그녀는 돈을 받고 술과 웃음을 팔고 몸을 파는 기녀였을 뿐이다.

더 많은 것을 기대한 것이 어리석은 일이었다.

그것을 알면서도 자꾸만 서운한 마음이 가슴 한편으로 깃들고 있었다.

그래서 진가흔은 걸음을 옮겨 자그마한 격자창 앞으로 다가갔다.

그녀는 이 격자창을 좋아했다.

겨우 손바닥보다 조금 큰 격자창이었지만 그녀는 이 자그마한 격자창을 통해 바라보는 세상을 좋아했다.

"어서 와봐요."

"왜?"

"어서 와보라니까요."

"무슨 일인데?"

"난 이 격자창이 좋아요."

"너무 좁잖아?"

"충분해요."

"뭐가 충분해? 손바닥만 한 이 격자창으로는 바깥 풍경도 제대로 보이지 않는데."

"이 격자창을 통해서 보이는 세상만으로도 충분해요."

"왜?"

"너무 많은 것을 보고, 너무 많은 것을 안다고 해서 꼭 행복한 건 아니니까요."

산등성이 너머로 고개를 내미는 태양.

진가흔의 어깨에 고개를 기댄 채 어둠이 밀려가고 있는 바깥 풍경을 응시하던 그녀의 목소리가 문득 떠올랐다.

그 당시 그녀가 짓고 있던 웃음은 무척이나 행복해 보였는데.

이제는 어둠으로 물들어 버린 바깥 풍경을 바라보기 위해 고개를 숙이던 진가흔의 두 눈이 흔들렸다.

격자창 아래에 뭔가가 적혀 있었다.

뾰족한 무언가로 긁어서 적어놓은 글씨.

철혈추괴(鐵血醜怪) 육비능.

개방칠장로 중 일인.

개방의 용두방주를 제외하고 현재 개방 내 최고수로 알려짐.

성격이 불같이 급하고 단순하다고 알려짐.

무공에 대한 자신감이 강해 자만으로 이어지는 경우가 많음.

　소안협걸(笑顔俠乞) 홍인걸.
　개방칠장로 중 일인.
　개방 지낭으로 알려짐.
　무공 수위는 절정 초입.
　늘 웃고 있지만 개방 장로들 중 심계가 가장 깊으며 작은 것
하나도 놓치지 않을 정도로 치밀하다고 알려져 있음.
　단, 자신의 머리에 대한 자신감이 지나치다는 평이 있음.

　일권파해(一券波海) 진명 대사.
　소림사 나한전주.
　소림칠십이종절예 중 일곱 가지를 익혀 백 년래 소림제일고
수라 알려짐.
　불의를 싫어하나 성격이 진중한 편으로 쉽게 움직이지 않음.

　매화신검(梅花神劍) 종구육.
　화산오장로 중 일인.
　이십사수 매화검법을 극성으로 익혀 화산 내에서 검신이라
불림.
　성격이 급하고 앞장서서 나서는 것을 좋아함.
　심계가 치밀하다고 알려짐.

스윽.

진가흔이 손을 들었다.

그리고 내력을 끌어올려 격자창에 적혀 있는 글씨를 지웠다.

하지만 마지막 글씨는 차마 지우지 못했다.

부디 무사하시길.

결국 지우지 못하고 손을 내린 진가흔의 머릿속이 복잡해졌다.

격자창 위에 수련이 남긴 네 명의 인물은 진가흔을 추격하는 이들의 면면일 것이 틀림없었다.

소림과 개방, 그리고 화산의 중요 직책을 맡고 있는 자들.

각각의 인물이 속해 있는 문파에서 뿐만 아니라 전 강호를 통틀어도 손꼽힐 정도의 대단한 고수들이었다.

이들이 뒤를 쫓고 있다는 생각을 하자 진가흔은 가슴이 답답해졌다.

막상 이들의 이름을 대하니 실감할 수 있었다.

지금 처한 상황이 얼마나 심각한지를.

그래서 자꾸만 움츠러드는 어깨를 진가흔은 억지로 쫙 폈다.

"침착해야 해!"

벌써부터 이들의 명성에 눌려 겁을 집어먹어서는 안 된다는 것을 누구보다 진가흔이 잘 알고 있었다.

지금은 이들의 면면을 알게 된 상황이니, 그에 맞추어 계획을 세울 때였다.

"철혈추괴 육비능과 소안협걸 홍인걸, 그리고 소림사의 나한전주인 진명 대사. 만약 나선다면 이들이 움직일 것이라 예상했어."

두 명의 개방장로와 소림사의 진명 대사의 등장은 어느 정도 예상하고 있었다.

하지만 다른 한 명의 인물인 매화신검 종구육의 등장은 진가흔으로서도 전혀 예상치 못했던 것이다.

화산파는 하남성이 아니라 섬서성에 위치했다.

화산파가 있는 섬서성에서 이곳 하남성 낙양까지는 오는 데만도 최소한 한 달 이상은 걸릴 터.

그럼에도 불구하고 종구육이 제자들을 이끌고 이곳에 미리 도착해 있다는 것을 어떻게 해석해야 할까.

매화신검 종구육의 이름을 보는 순간, 진가흔의 머릿속으로 하나의 기억이 떠올랐다.

다시 떠올리고 싶지 않은 아픈 기억.

진가흔은 고개를 흔들며 애써 떠오르려던 기억을 떨쳐 내

려 했지만 그의 눈앞에는 어느새 그날의 정경이 떠올라 있었
다.

　검끝에서 피어나던 매화.
　숨 막힐 정도로 강렬하던 매화의 향기.
　코를 마비시킨 것으로 모자라 이성마저 마비시켜 버릴 정
도로 매화가 뿜어내던 향기는 황홀했다.
　그때 처음 알았다.
　검으로 만들어낸 매화에서도 향기가 흘러나올 수 있다는
사실을.
　"…이놈아!"
　"……."
　"…이놈 보게."
　"……."
　"…완전히 넋이 나갔구나."
　"네? 부르셨습니까?"
　"그래, 벌써 몇 번이나 불렀다. 무인이 고작 매화 향기에
취해서 그렇게 정신을 놓고 있어서야 되겠느냐?"
　사부는 짐짓 화가 난 표정을 짓고 있었다.
　하지만 고집스러워 보이는 입매가 슬쩍 비틀려 있는 것이
진심으로 화가 난 것은 아니었다.
　오히려 대견해하고 있었다.

“매화를 피웠습니다.”

“봤다.”

“검으로 만든 매화에서 향기가 납니다.”

“그게 뭐 대수라고.”

“하지만…….”

“향이 없는 매화는 매화가 아니지.”

“……?”

“매화 향이 너무 짙구나. 이게 복이 될지 화가 될지.”

제자의 성취에 대견해하면서도 사부의 얼굴에서는 걱정이 떠나지 않았었다.

당시만 해도 기우에 불과하다고 생각했는데…….

혈향(血香).

피가 그렇게 뜨겁다는 사실은 그때 처음 알았다.

온 세상이 붉게 변했다.

뿜어져 나온 피가 얼굴에 닿자 마치 불에 덴 듯한 느낌이 들었다.

그리고 비릿한 피 냄새가 코를 마비시켰다.

아니, 정신마저 마비시켜 버렸다.

덜덜덜.

검을 꽉 움켜쥐고 있던 손이 떨리기 시작했다.

사부가 봤다면 아직 검도 제대로 쥐지 못하느냐고 호통을 쳤겠지만, 자꾸만 떨려오는 손을 어찌할 수 없었다.

챙강.

처음 가늘게 떨리던 손이 사시나무처럼 벌벌 떨리다 못해 결국 들고 있던 검을 놓치고 말았다.

"사… 형."

간신히 입을 떼었다.

하지만 밀랍 인형처럼 창백한 얼굴로 바닥에 쓰러져 있던 사형은 그의 부름에 대답하지 않았다.

사형이 입고 있던 백의 장삼이 붉게 물들었다.

그리고 그 백의 장삼을 축축하게 적신 것으로 모자라 검붉은 피는 땅바닥까지 흥건하게 적시고 있었다.

'막아야 해!'

그 생각밖에 들지 않았다.

이대로 더 피가 흐른다면 사형이 죽을지도 모르겠다는 생각이 들자 벌벌 떨리는 손을 사형의 옆구리로 가져갔다.

울컥울컥.

용솟음치듯 피가 솟구치고 있었다.

지혈을 어떻게 하더라?

사부에게 배웠는데…….

틀림없이 사부에게 배운 기억이 있는데 하얗게 변해 버린 머릿속에는 아무런 생각도 떠오르지 않았다.

그래서 손을 가져다 대자 사형의 신형이 가늘게 떨리고 있는 것이 전해졌다.

“사… 형!”

죽지 말라는 말을 하고 싶었는데, 그 말조차도 하지 못했다.

깊게 베인 옆구리를 움켜쥐고 있는, 그의 눈앞의 세상이 뿌옇게 흐려졌다.

하지만 사형의 두 눈은 보였다.

그리고 사형은 그 두 눈으로 말하고 있었다.

괜찮다고.

이건 네 탓이 아니라고.

그러니 겁먹을 필요가 없다고.

그 눈빛에 진가흔은 안도했다.

그리고 안도의 한숨을 뱉어낼 때 누군가가 강한 힘으로 뒷덜미를 잡아당겼다.

하지만 손을 떼면 사형의 옆구리에서 다시 피가 솟구칠 것이 뻔했다.

그래서 억지로 버티려 했지만, 뒷덜미를 잡아당기고 있는 강한 힘은 결국 버티던 그를 떼어냈다.

사형의 혈도를 두드리며 지혈하는 소리.

정신을 차리라는 소리.

의당으로 옮기라는 소리.

다급하게 이어지던 발소리가 귓가를 울리고 있었지만 이미 붉게 변해 버린 시야에는 아무것도 보이지 않았다.

모든 것이 아득하게만 느껴졌다.

아직은 낮인데 주변이 어둡게만 느껴졌다.

"괜찮다. 다 괜찮아질 게다."

어깨를 두드리며 감싸 쥐는 따뜻한 손길이 느껴졌다.

사부의 주름진 손.

그리고 사부의 음성이었다.

그게 진가흔이 기억하는 마지막이었다.

다시 정신을 차렸을 때는 진노한 표정의 장문인이 앞에 있었다.

평소와 달리 한 점의 온기조차도 찾아볼 수 없는 차가운 시선으로 노려보며 장문인은 소리쳤다.

"파문을 명한다!"

'파문?

귓가를 떨어 울리는 파문이라는 단어.

한참만에야 파문이란 단어가 무엇을 의미하는지 알아내고서 눈을 부릅떴다.

'왜?

반사적으로 고개를 들었다.

이해할 수 없었다.

사형과의 비무.

한 달에 한 번 행했던 사형과의 비무는 그저 일상과도 같았다.

평소와 달랐던 것은 비무의 결과뿐이었다.

늘 사형이 이겼지만 그날만은 그가 이겼다.

그리고 그 원인은 그가 호승심을 억누르지 못했던 것.

물론 호승심을 억누르지 못했던 것은 명백한 잘못임을 인정하지만 그게 파문으로까지 이어질 문제이던가.

더구나 사형이 말했다.

괜찮다고. 이건 네 탓이 아니라고.

그런데 왜 파문이라는 명을 받아야 한단 말인가?

억울했다.

그래서 자리에서 벌떡 일어나서 따지려 했다.

하지만 결국 일어날 수 없었다.

억울함을 호소하기 위해 일어서려고 하는 그의 어깨를 계율원의 고수들이 억센 힘으로 짓누르고 있었기 때문에.

"화산이 주었던 것을 모두 회수하라!"

빌어먹을.

속으로 욕을 내뱉었다.

대체 화산이 준 것이 무엇이던가.

세 끼 식사?

검 한 자루?

알량한 무공?

그게 다였다.

그런데 단전을 파하고 근맥을 자르려 하고 있었다.

젠장.

빌어먹을.

이런 개 같은 경우가 어디 있냐고 소리를 지르고 싶었다.

그리고 그때, 사부와 눈이 마주쳤다.

주류를 따르지 않았기에 평생 외로웠던 사람.

화산의 장로라는 직책의 말석에 올라 있지만 어느 누구도
존장의 예를 갖추지 않는 불쌍한 사람.

그게 사부였다.

그런 사부가 힘없이 웃었다.

괜찮다고.

아무것도 걱정하지 말라고 말하면서.

그런 사부를 바라보다 보니 두 눈이 뿌옇게 흐려졌다.

단전이 파괴되지 않았다.

양팔의 근맥도 자르지 않았다.

대신 사부의 단전이 파괴되었다.

그리고 두 다리의 근맥이 잘려 나갔다.

허울뿐이던 장로라는 직책마저 잃었다.

다시는 내력을 끌어올릴 수도 없고, 스스로의 힘으로 걸을
수도 없게 된 사부가 두 팔로 땅을 밀며 다가왔다.

분했다.

너무나 분했다.

숨조차 제대로 쉴 수 없을 만큼 분하고 억울했다.

　그래서 차마 사부의 모습을 바라보지 못하고 땅바닥에 납작하게 엎드린 채 고개를 처박고 꺼억꺼억 울고 있는 진가흔의 어깨에 사부의 따뜻한 손이 닿았다.
　"괜찮다. 다 괜찮아질 게다."
　어차피 이제 무공을 사용할 일도 없다고 했다.
　어차피 가고 싶은 곳도 없다고 했다.

　그리고 몇 번씩이나 괜찮다는 말만을 되뇌고 있는 사부의 앙상한 몸을 힘껏 부둥켜안았다.

　사부는 어떻게 지낼까?
　문득 사부가 보고 싶어졌다.
　그날 이후, 사부의 소문은 들을 수 없었다.
　그리고 진가흔도 사부를 다시 찾지 않았다.
　아니, 좀 더 솔직히 말한다면 사부를 다시 찾을 용기가 없었다고 하는 편이 옳았다.
　이대로가 좋다고 생각했다.
　다시는 화산을 찾지 않으리라 결심하며 그걸로 끝이라고 생각했는데.
　"아직 끝난 게 아니었군."
　하나의 사건.
　하지만 그 사건을 바라보는 시각은 분명 다르다.

　일개 개인에 불과한 진가흔과 수백 년의 전통을 이어온 문파인 화산파가 그 사건을 바라보는 시각은 분명히 달랐을 것이다.

　그리고 남겨진 기억도 달랐을 것이다.

　진가흔은 잊었지만 화산파는 아직 잊지 않았다.

　어쩌면 문파의 역사를 기록하는 문서 한 켠에 여전히 올라가 있는 진가흔이라는 이름을 볼 때마다 하루에도 몇 번씩이나 곱씹고 있었을지도 모른다.

　"후후!"

　웃음이 흘러나왔다.

　수백 년을 이어온 명문 정파라는 화산파의 아량이 이것밖에 되지 않는다는 사실을 깨달은 순간 분노가 치밀었다.

　"순순히 당하지는 않아."

　진가흔이 입매를 비틀었다.

　화산이 준 것은 아무것도 없었다.

　기껏해야 이제는 떠올리기조차 싫은 아픈 기억만을 준 것이 전부였다.

　그가 받은 것은 모두 사부의 것이었다.

　사부의 심득.

　사부의 무공.

　그리고 사부의 검.

　"갚아주리라."

나직한 한마디를 남긴 진가흔이 격자창 너머로 시선을 돌렸다.

아까에 비해서 현저하게 줄어든 거지들의 수.

조금 전까지만 해도 갑자기 거리의 개방 방도들의 수가 줄어든 영문이 무엇인지 이해할 수 없었다.

하지만 이제는 아니었다.

소안협걸 홍인걸, 그리고 철혈추괴 육비능.

두 명의 장로가 등장했기 때문에 개방 방도들의 움직임이 지금까지와 전혀 다르게 변한 것이었다.

그리고 그것을 눈치챈 순간, 진가흔은 희미하게 웃었다.

"소안협걸과 철혈추괴만 왔다? 어쩌면 살 길이 열릴지도 모르겠군."

개방의 장로는 모두 일곱.

하지만 그를 추격해 잡아들이기 위해서 총타를 떠나 낙양으로 온 개방의 장로는 불과 둘뿐이었다.

그 사실이 의미하는 바는 하나였다.

개방은 자신을 잡는 것이 그리 어렵지 않다는 결론을 내린 것이다.

"일개 살수에 불과하다고 생각하고 있어."

어떤 면에서 보면 개방이 내린 결론은 틀리지 않았다.

하지만 진가흔에게는 기회가 되는 셈이었다.

그리고 진가흔은 무모하다 할 정도로 대범한 계획을 실행하기로 결심했다.

　어쩌면 마지막일지도 모른다는 생각에 수련의 방을 둘러
보던 진가흔의 신형이 어느 순간 어둠 속으로 녹아들었다.

第九章

반격(反擊)

暗帝血路 암제혈로

"왜 이리 꾸물대? 정신이 번쩍 들도록 대가리를 쳐줄까? 하나도 놓치지 말고 이 잡듯이 뒤져!"

철혈추괴 육비능의 커다란 목소리가 울려 퍼졌다.

그리고 그의 불같은 성격을 알기에 감히 눈도 마주치지 못하고 부산하게 움직이는 방도들을 바라보던 소안협걸 홍인걸이 가볍게 눈살을 찌푸렸다.

낙양은 넓었다.

아무리 방주조차 정확한 수를 파악하기 힘들 정도로 개방의 방도가 많다고는 하나, 드넓은 낙양을 모조리 뒤지는 것은 무리였다.

더구나 지금 낙양 분타의 개방 방도들은 진가흔을 쫓는 것
에만 전력을 다 할 수 있는 상황이 아니었다.

천하오대표국 중 하나인 중경표국.

그 중경표국의 표행이 습격을 당했다.

혈영수 섭아경과 수리검 연기운, 그리고 하남삼웅까지.

표행을 이끌던 표두들의 면면은 대단했다.

홍인걸조차도 몇 번씩 이름을 들어보았던 자들이니 고작
하남 땅에서 이름을 날리며 거들먹거리는 우물 안 개구리들
이 아니었다.

하남을 벗어나 드넓은 강호에 나선다 하더라도 자신의 이
름 석 자 정도는 내세울 수 있는 인물들.

게다가 그들이 다가 아니었다.

지닌 바 실력이 일류에 근접했다고 알려진 중경표국의 표
사들도 무려 서른이나 대동한 채 움직였던 표행이었다.

하지만 결과는 최악이었다.

표물을 탈취당한 것은 물론이고 표두와 표사, 심지어 쟁자
수들까지 모두 그 자리에서 절명했다.

비음조.

그 자리에 남겨진 것은 커다란 글씨로 적힌 세 글자뿐이었
다.

중경표국이 발칵 뒤집힌 것은 당연한 수순이었다.

그리고 중경표국은 개방에 정식으로 도움을 청했다.

마음 같아서는 그 요청을 단칼에 잘라 거절하고 싶었지만 세상사란 그리 단순한 것이 아니었다.

하나를 받았다면 하나를 내주어야 하는 것이 세상의 이치였다.

개방은 중경표국으로부터 금전적으로 적지 않은 도움을 받고 있는 입장이었기에 그 요청을 거절할 수 없었다.

적어도 성의는 보여야 했다.

결국 홍인걸은 총타에서 함께 움직인 사결제자인 자명 호법과 낙양 분타의 일결제자 스물을 중경표국의 일을 해결하는 데 투입할 수밖에 없었다.

'영리한 놈이야!'

홍인걸이 손을 들어 빳빳한 수염을 더듬었다.

하필 오늘 중경표국의 표행이 습격당한 것이 과연 우연일까.

처음에는 홍인걸도 우연이라 생각했다.

하지만 그 생각이 바뀐 것은 진가흔에게 동조자가 있다는 사실을 알아챈 후였다.

'비음조는 편일장에 속해 있던 조직. 지금까지 개방의 이목도 피할 정도로 정체를 드러내지 않던 놈들이 자신들의 정체를 스스로 드러낼 단서를 남긴 것은 역시 이목을 분산시키

기 위해서겠지.'

이미 편일장에는 개방의 방도를 보내 확인해 보았지만, 개미새끼 한 마리 남아 있지 않았다.

꼬리를 자르고 도망친 도마뱀과 마찬가지였다.

감시의 눈길을 늦추지 말고 계속 조사를 진행하라고 명령을 내려놓기는 했지만, 홍인걸은 편일장에 대한 미련을 일찌감치 접었다.

대신 그가 주시한 것은 가월루였다.

진가흔이라는 놈은 가월루를 자주 찾았다고 했다.

물론 아직 혼인도 하지 않은 혈기왕성한 사내가 술을 마시기 위해 기루를 찾는 것은 대수가 아니었다.

하지만 특이한 것은 진가흔이 가월루에 들를 때마다 단 한 명의 기녀만을 찾았다는 점이다.

'수련이라……. 여기서부터 시작해야겠군.'

홍인걸이 자신의 명이 떨어지기만을 기다리고 있는 추령호법에게로 고개를 돌렸다.

"하오문 낙양 지부 분타주를 찾아 정확히 일다경 후 내가 가월루에서 만나기를 원한다고 전하라."

"네."

"그때 기문 문주도 동석하라 일러라."

"알겠습니다."

추령호법이 자운 칠성에 이른 취팔선보를 펼쳐 순식간에

홍인걸의 눈앞에서 사라졌다.

그제야 몸을 일으킨 홍인걸의 앞으로 육비능이 다가왔다.

"하오문은 왜 접촉하려 하는가?"

"알아보니 가월루는 일반 기루가 아니더군. 하오문에 속해 있는 곳이니 그놈에 대한 정보를 얻을 수 있을 것 같아서네."

"하오문 놈들이 뭔가 알고 있더라도 입을 열겠나?"

"쉽지는 않겠지."

"그런데 왜 굳이 만나려고 하나?"

"지금까지의 움직임으로 보아 만만한 놈이 아닐세. 더구나 놈을 도와주는 놈들까지 있어."

"……?"

"살수라는 놈들은 몸을 숨기는 데 능해. 어디 한군데 숨어 버리면 찾는 것이 쉽지 않지. 이럴 때는 그놈이 스스로 움직이게 만들어야지."

"무슨 수로?"

"이쯤 얘기해도 모르겠나?"

"모르겠는데."

"약점을 쥐고 흔들어야지."

"약점?"

"여자일세."

홍인걸이 단언하듯 말했지만 육비능은 시큰둥했다.

"여자가 아니야. 기녀일세."

　　그제야 육비능이 하려는 말이 무엇인지 눈치챈 홍인걸이 입매를 비틀었다.

"그놈은 살수야."

"……?"

"살수는 정에 굶주린 놈들이지."

"과연 그럴까?"

"함께 가지 않겠나?"

"난 됐네. 따로 움직이지."

육비능의 대답을 듣고서 홍인걸이 고개를 끄덕였다.

어차피 크게 기대하지 않고 던진 질문이었다.

그리고 육비능이 낙양 바닥을 휘젓고 다니는 것도 나쁘지 않았다.

놈의 신경을 바싹 곤두서게 만들 테니까.

　　멀어지는 육비능의 등을 바라보던 홍인걸도 더는 지체하지 않고 가월루를 향해 움직이기 시작했다.

＊　　　＊　　　＊

여화는 창기다.

그것도 한때는 무척이나 잘나가던 창기였다.

어둠이 밀려들면 그녀를 만나기 위해서 하루에도 열 명이 넘는 사내들이 소화루의 앞을 찾아왔었다.

가늘고 하얀 손가락으로 현을 퉁기는 비파 소리에 취하고, 쟁반 위로 옥구슬이 굴러가는 것처럼 영롱한 목소리에 반해 사랑을 구걸하던 사내들.

부러울 것이 없었다.

예쁜 장신구도, 비단옷도, 값비싼 보석도.

그녀가 원하는 것은 손만 내밀면 모두 손아귀에 들어왔으니까.

하지만 모두 한때였다.

창기에게 있어 세월은 더욱 빠르게 흐른다.

초췌하게 변한 눈 밑을 감추기 위해 했던 짙은 화장과 하루도 빼놓지 않고 새벽까지 이어지는 술자리는 그녀의 젊음을 앗아갔다.

짙은 화장으로도 눈가의 주름이 가려지지 않을 즈음엔, 더 이상 그녀를 찾는 사내도 없었다.

사내의 사랑을 받지 못하면 더욱 빨리 시들어 버리는 것이 창기의 운명.

하룻밤에 은자 스무 냥을 받아야 사내에게 몸을 허락하던 여화는 이제 불과 동전 다섯 문에 사내에게 가랑이를 벌리는 신세였다.

그마저도 찾아오는 사내가 없어서 허탕 치는 날이 허다했다.

고작해야 두 사람이 누우면 꽉 차는 자그마한 방.

붉은 유등 아래 앉아 있던 그녀가 눈살을 찌푸렸다.

"저 새끼, 동전 세 문 내고 더럽게 오래하고 지랄이야."

"하아. 하아."

얇은 나무판자를 덧댄 것이 전부이니 방음이 될 리가 없었다.

옆방에서 그 짓을 하는 소리가 그대로 들리고 있었다.

나른하게 이어지는 신음 소리.

목에 가래가 낀 듯이 답답한 신음 소리를 내고 있는 사내놈은 여화도 잘 알고 있는 자였다.

흔하디흔한 이름인 장삼.

원래는 포목점을 하며 남부럽지 않게 살았지만 도박에 손을 댔다가 완전히 들어먹은 후 반 폐인이 된 놈이다.

마누라가 자식 둘을 데리고 도망가 버리고 혼자 남아 그 짓을 하고 싶을 때마다 동전 다섯 문이면 해결할 수 있는 매음굴을 찾았다.

그 짓을 할 때마다 어디서 듣도 보도 못한 체위를 요구하며 귀찮게 하기에 뺨을 때리고 다시는 오지 말라고 소리치며 동전 다섯 문을 집어던져 버렸더니 고작 옆방에 있는 유화 년을 찾아와서 그 짓을 하고 있다.

빨리 끝내지 않는 사내 때문에 유화 년도 짜증이 났을까.

예의상 간간이 나른하게 이어지던 유화 년의 신음 소리도 어느 순간부터 들리지 않고 있었다.

대신 짐승처럼 헐떡이는 장삼의 거친 숨소리가 귓가를 파고들 때였다.

"밤새 할 거야? 더 빨리 움직여."

여화가 눈을 크게 떴다. 지금 옆방에서 들려온 목소리는 분명 장삼의 것이 아니었다.

그렇다면 장삼이 유화 년과 그 짓을 하는 동안 누군가가 그 모습을 지켜보고 있었다는 뜻이다.

"변태 새끼!"

낄낄대는 사내의 웃음소리를 들으며 이를 꽉 물고 있던 여화는 갑자기 방문이 열리고 하나의 머리가 들이밀어지는 것을 보고 인상을 찌푸렸다.

가뜩이나 좁은 방 안은 순식간에 악취로 가득 찼다.

봉두난발을 하고 수염을 지저분하게 기른 거지새끼가 이죽거리며 입을 뗐다.

"얼마야?"

땟국물이 질질 흐르는 얼굴.

속을 더부룩하게 만드는 느글거리는 미소. 퉤 하고 침을 뱉어버리고 싶었다.

억만금을 주더라도 너 같은 거지새끼하고는 하고 싶지 않다는 말이 목구멍까지 치밀어 올랐지만 여화는 억지로 삼켰다.

　그러기에는 형편이 너무도 좋지 않았다.

　당장 동전 한 문이라도 손에 쥐어야 내일 끼니를 해결할 수 있었으니까.

　"동전 다섯 문이에요."

　"다섯 문?"

　"잘해 드릴게요. 얼른 올라오세요."

　여화가 억지로 짜낸 끈적끈적한 목소리로 말했지만 거지새끼는 쉽게 방 안으로 들어서지 않았다.

　"너무 비싼데."

　시큰둥한 표정을 짓고 있는 거지새끼의 면상에다 '나도 너같이 냄새나는 거지새끼하고는 하기 싫어' 라고 욕설을 퍼붓고 싶은 것을 여화는 이번에도 꾹 눌러 참았다.

　"돈이 아깝지 않도록 잘해 드린다니까요."

　"좀 깎아주지?"

　"에이, 그게 얼마나 된다고 깎으려고 하세요?"

　"보면 몰라? 나 거지잖아."

　"그럼 얼마나?"

　"보아하니 눈가에 주름이 자글자글한 것이 나이도 많아서 밤새도록 처박혀 있어도 찾아오는 손님도 없을 것 같은데, 육보시한다는 셈치고 공짜로 한 번 해줘."

　"이런 거지새끼가……."

　"다 늙은 년이 성질은. 돈을 줘도 너 같은 년이랑은 안 해."

“뭐 이런 개 같은 새끼가······.”

“카악, 퉤.”

탁.

앙칼진 목소리로 꺼내려던 여화의 말이 끝나기도 전에 거지사내는 가래침을 뱉고는 문을 탁 소리가 나게 닫아버렸다.

참기 힘든 모욕감에 부르르 몸을 떨던 여화가 벌떡 일어났다.

거지사내의 머리채라도 부여잡고 악다구니라도 쓰기 위해 나가려 할 때, 닫혔던 방문이 다시 열렸다.

툭.

데구루루.

“에구머니나.”

기세등등하게 자리에서 일어났던 여화는 자신의 의지와 상관없이 무릎에서 힘이 빠져나가 바닥에 주저앉았다.

조금 전까지 실실 웃고 있던 거지사내의 머리통이 바닥을 뒹굴고 있었다.

억울한 듯 부릅뜬 채 툭 튀어나올 것처럼 보이는 거지사내의 두 눈과 시선이 부딪친 순간, 여화는 입을 벌렸다.

그리고 밀려드는 공포심을 참지 못하고 비명을 지르려는 순간, 죽립을 깊이 눌러쓴 사내가 방 안으로 들어섰다.

뚝. 뚝.

죽립에서 떨어진 빗물이 방바닥 위로 떨어져 내리고 있었지만, 여화의 시선은 사내의 손에 들린 채 바닥으로 늘어뜨려져 있는 검에 온 신경을 빼앗긴 상태였다.

"누… 누구?"

사시나무처럼 떨리는 목소리로 간신히 입을 뗐지만 대답은 돌아오지 않았다.

툭.

대신 사내는 그녀의 앞으로 뭔가를 던졌다.

묵직한 소리를 내며 바닥에 떨어진 것은 자그마한 가죽 주머니였다.

사내의 눈치를 살피며 떨리는 손으로 가죽 주머니를 집어든 여화가 묶여 있는 매듭을 간신히 풀었다.

그리고 그런 그녀의 눈이 커졌다.

가죽 주머니 안에 들어 있는 것은 은자였다.

얼핏 보아도 열 개가 넘어 보이는 은자를 확인하고 여화의 두 눈에 감추지 못하는 탐욕의 빛이 어릴 때였다.

"그 머리를 들고 개방을 찾아가!"

"개방?"

"그래, 천문교 밑에 있는 거지 소굴로 찾아가서 그 머리를 건네줘. 그러면 그 은자를 주지."

사내의 목소리는 얼음장처럼 차가웠다.

반쯤 넋이 나간 표정으로 가죽 주머니 안에 들어 있는 은자와 바닥을 뒹굴고 있는 거지사내의 목을 번갈아 바라보던 여화가 몸을 일으켰다.

욕심과 두려움의 싸움에서 이긴 것은 욕심이었다.

옷장에서 검정색 치마를 꺼낸 여화가 핏물이 뚝뚝 떨어지고 있는 거지사내의 머리통을 감쌌다.

"정말… 전하기만 하면 되나요?"

"그래."

"그럼… 할게요."

묵직한 사내의 머리통을 품에 꼭 끌어안은 채 여화는 마치 뭔가에 홀린 사람처럼 몸을 일으켰다.

"아마 이것저것 추궁할 거야."

"……?"

"아무것도 모른다고 대답해."

"……."

"딱 한마디만 해."

"뭐라고?"

"철혈추괴!"

"철혈추괴?"

"기억할 수 있겠어?"

여화가 힘껏 고개를 끄덕였다.

그 정도는 기억할 자신이 있었다.

"그래, 그거면 충분해!"

의미조차 알 수 없는 단어.

하지만 잊지 않기 위해 몇 번씩이나 속으로 되뇌며 여화는
매음굴을 벗어나 어둠 속으로 바삐 걸음을 옮겼다.

천문교 아래는 항상 거지들로 붐빈다.
더구나 밤이 되면 구걸해 온 음식을 나눠 먹으며 흥에 겨워
노래를 부르는 거지들로 항상 북적였는데 오늘은 달랐다.
겨우 서너 명의 거지만이 자리를 지키고 있었다.
그렇게 조용하던 천문교 아래는 머지않아 다시 거지들로
북적이기 시작했다.
그리고 그 원인이 된 것은 매음굴의 창기 하나가 가지고 온
머리 때문이었다.
붉은 피로 인해 축축하게 젖어 있는 치마를 풀자 툭 튀어나
온 두 눈을 부릅뜨고 있는 머리가 데구루루 굴렀다.
매음굴을 지키던 일결제자 적유의 머리.
연락을 담당하기 위해 천문교 아래 본타를 지키고 있던 이
결제자인 담일성의 얼굴이 굳어진 것은 당연지사였다.
여화라는 창기를 다그쳤다.
뺨을 때리며 소리를 지르기도 했고, 겁에 질린 여화를 어르
고 달래도 보았지만 그가 들을 수 있는 말은 하나뿐이었다.
"철혈… 추괴, 철혈추괴!"
반쯤 넋이 나간 채 '철혈추괴' 라는 별호만 읊조리고 있는

여화라는 창기를 바라보던 담일성이 결국 수하들을 움직였
다.

이건 그 혼자 감당할 수 있는 것이 아니라는 판단을 내리
고.

불과 이각도 지나지 않아 육비능이 모습을 드러냈다.

바닥을 뒹굴고 있는 적유의 머리에는 시선조차 주지 않고
여화의 곁으로 다가간 육비능이 입술을 실룩였다.

"너냐, 내 이름을 꺼낸 것이?"

"철혈… 추괴… 철혈추괴!"

그의 추궁에도 여화의 입에서 흘러나온 말은 한결같았다.

그제야 육비능이 여화를 좀 더 자세히 살폈다.

눈가의 주름을 가리기 위해 한 짙은 화장.

삶에 찌들 대로 찌든 생기없는 눈빛.

싸구려 분향의 냄새가 머리를 지끈거리게 만들고 있었다.

'진짜 매음굴 창기. 아무것도 몰라!'

육비능은 한눈에 알아챘다.

여화라는 창기는 아무것도 아는 것이 없다는 것을.

은자 몇 냥이 주는 유혹을 이기지 못하고서 진가흔이라는
놈이 시키는 대로만 말하고 있었다.

"재밌는 놈이군!"

화를 내는 대신 육비능은 웃었다.

생각보다 재밌는 놈이었다.

뒤도 돌아보지 않고 도망치기도 바쁠 것이라 생각했던 놈
이 아예 자신의 행적을 훤히 드러내고 있었다.

게다가 여화라는 창기에게 자신의 별호를 알려줬다.

흡사 자신을 청하듯이.

"가주지!"

육비능이 웃음을 지은 채 눈을 빛냈다.

피할 이유가 없었다.

그리고 궁금했다.

감히 자신을 부르는 대단한 배포를 가진 진가흔이라는 놈
의 면상이.

자신의 억울함을 호소할 생각일까.

아니면 감히 자신을 상대하겠다는 말도 안 되는 생각을 하
는 것일까.

어느 쪽이든 상관없었다.

아니, 좀 더 솔직히 말하면 후자였으면 좋겠다는 생각이 들
었다.

"살수로서 쌓은 그 자그마한 명성이 얼마나 부질없는 것인
지 알려주지."

삭명살수라는 명성.

진가흔이라는 놈은 그것을 믿고 있는지도 몰랐다.

하지만 그게 얼마나 어리석은 생각이었는가를 알려줄 능

력이 육비능에게는 있었다.

*　　　*　　　*

"모르시겠다?"

앞에 놓인 찻잔을 들어 목을 축인 홍인걸이 눈살을 찌푸렸
다.

하오문 낙양 지부를 맡고 있는 백천유는 만만치 않은 자였
다.

툭 건드리면 뼈마디가 부러져 버릴 것처럼 병약한 인상을
풍기고 있었지만, 강단과 배포가 있는 사내였다.

"아까도 말씀드렸지만 수련이라는 아이는 일개 기녀에 불
과했습니다. 이 낙양에만 해도 그런 기녀는 수백 명이 넘습니
다. 그런데 그중 한 아이가 왜 그만두었는지, 대체 어디로 갔
는지까지 파악하고 있으라는 것은 무리가 있습니다."

매섭게 쏘아보는 홍인걸의 눈빛을 마주했음에도 백천유는
비교적 차분하게 대답하고 있었다.

"개방을 우습게보는 것인가?"

"천하제일방이라 불리는 개방을 제가 어찌 우습게볼 수 있
겠습니까?"

"낙양의 기녀가 수백에 이른다 하더라도 그 기녀를 모두
관리하는 것이 하오문 기문의 역할이 아닌가?

“아무리 기문이라 하더라도 그 아이들의 사생활까지 모두 관리하는 것은 어렵습니다. 어느 놈과 정분이 나서 함께 도망치는 것까지 막을 수 있을 정도는 아닙니다.”

“수련이라는 그 아이가 진가흔이라는 놈과 눈이 맞아 도망을 갔다?”

“그런 듯합니다.”

“허어!”

혀를 끌끌 차던 홍인걸이 노한 음성을 토해냈다.

“가벼운 사안이 아니네.”

“……”

“하오문은 구파일방과 척을 져도 상관이 없다는 뜻인가?”

그리고 방금 홍인걸이 꺼낸 말에는 백천유도 담담하지 못했다.

당금 무림을 장악하고 있다 해도 과언이 아닌 구파일방과 척을 진다는 것이 의미하는 것은 하오문의 몰락이었다.

“말씀이 지나치십니다.”

“지나치다?”

“저희 하오문과는 상관이 없는 아이라 말씀드렸습니다.”

“현명하게 생각하게. 그 아이 하나를 지켜주기 위해 애쓰다가 하오문 전체가 위험에 처할 수도 있다는 것을 명심하게.”

홍인걸의 협박을 듣고서야 백천유의 표정이 굳어졌다.

그리고 잠시 고민하는 기색이었지만 그는 끝내 아무런 대답도 하지 않았다.

그것을 확인한 홍인걸은 백천유의 곁에 창백하게 얼굴이 질린 채 앉아 있는 기문 문주에게로 고개를 돌렸다.

농염한 분위기를 뿜어내고 있는 중년 미부.

여전히 침착한 백천유와 달리 안절부절못하는 기문 문주를 확인한 홍인걸이 다시 입을 뗐다.

"후회할 때는 늦는 법이야."

"저는… 저는 아는 것이 없습니다."

"기어이 권주를 마다하고 벌주를 마시겠단 뜻인가?"

추궁하듯 흘러나온 홍인걸의 일갈을 듣고서 움찔한 기문 문주가 고개를 돌려 백천유를 바라보았다.

하지만 백천유는 여전히 아무런 표정의 변화도 없었고, 중년 미부의 두 눈이 급격하게 흔들릴 때였다.

"진가흔의 행적이 드러났습니다."

밖에서 대기하고 있던 호법의 이야기를 듣고서 홍인걸의 표정이 밝아졌다.

"어딘가?"

"낙랑골이라 불리는 매음굴입니다."

"매음굴?"

"그곳을 감시하고 있던 낙양 분타 일결제자의 목을 여화라는 창기가 가지고 찾아왔습니다."

"창기가 목을 가져왔다? 무슨 말을 전했는가?"

"같은 말만 계속 반복하고 있다고 합니다."

"그게 뭐지?"

백천유와 기문 문주가 함께 있다는 사실조차도 인지하지 못한 채 홍인걸이 재빨리 소리쳤다.

그리고 그 서슬 퍼런 기세에 눌려서 호법이 대답했다.

"철혈추괴!"

쾅!

여유롭던 홍인걸의 표정이 다급하게 변했다.

앞에 놓인 다탁을 내려친 후 다시 물었다.

"갔는가?"

"가셨습니다."

"얼마나 지났나?"

"일다경 정도 흘렀습니다."

"뭐야? 이런 무모한!"

홍인걸이 더는 기다리지 못하고 몸을 일으켰다.

진가흔이라는 놈의 대응은 그의 예상을 벗어났다.

도망치는 것만도 벅찰 것이라 생각했는데 이 와중에 살행을 펼칠 계획을 세우다니.

'대담한 것인가, 무모한 것인가?'

전혀 예상 밖의 행보를 보이고 있는 진가흔으로 인해 홍인걸의 머릿속이 복잡하게 얽혔다.

육비능이 대단한 고수라는 것은 그도 잘 알고 있었다.

정면 대결을 펼쳐 그를 이길 수 있는 자가 강호에 몇이나 있을까.

하지만 상대는 살수, 그것도 한때는 자혼부 제일살수로 알려졌던 놈이었다.

그 사실이 그의 가슴 한켠을 불안하게 만들고 있었다.

"별일없을 게야."

자꾸만 불안감이 깃들고 있는 것을 몰아내기 위해 애써 혼잣말을 중얼거리며 홍인걸이 신형을 날렸다.

『암제혈로』 1권 끝

참마도 新무협 판타지 소설
鬼弓士
귀궁사
귀궁사
1

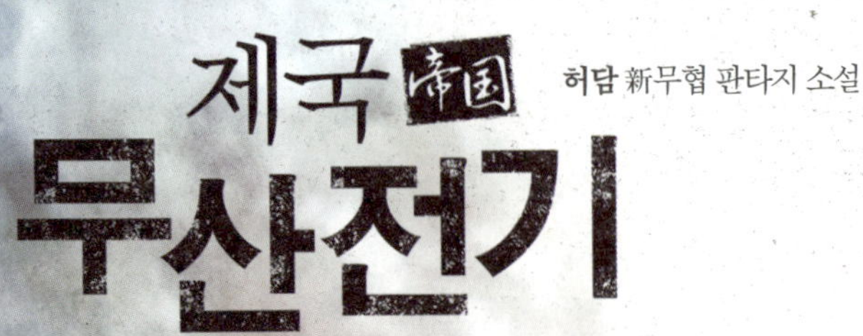

신황 단목천의 전무후무한 무림제국이 홀연히 붕괴한 후 삼백 년,
강호의 혼란을 종식시키고자 새롭게 등장한 무산(武山) 천의맹!
그 천의맹에 대변혁의 바람이 분다.

신황 단목천의 영광을 재현하려는 무림의 영웅들!
과연 새로운 무림제국은 다시 탄생할 수 있을 것인가?

그 혼란의 폭풍 속으로 독각수 적풍이 걸어 들어간다.
적풍과 함께 떠나는
파란만장한 강호의 대서사시!